弟のくせに生意気だ！

藤崎 都

15921

OTOUTO NO KUSENI NAMAIKIDA!

CONTENTS

MIYAKO FUJISAKI PRESENTS
KADOKAWA RUBY BUNKO

口絵・本文イラスト／水名瀬雅良

弟のくせに生意気だ!
OTOUTO NO KUSENI NAMAIKIDA!

1

「ま、待て、孝平《こうへい》」

「待てない」

秋枝湊《あきえだみなと》は自分の部屋で義理の弟である孝平に組み敷《し》かれ、身動きが取れなくなっていた。

(それにしても、男前になったなぁ……)

見下ろしてくる孝平の表情からはすっかり幼さが抜《ぬ》け、大人の凛々《りり》しさが増している。漆黒《しっこく》の瞳《ひとみ》と髪《かみ》が、涼《すず》やかな目鼻立ちを一層引き立てていた。

しかし、いまはそんなことに感心している場合ではない。腰《こし》を跨《また》ぐように体重をかけられた上、両手を床《ゆか》に縫《ぬ》い止められた状態なのだから、もっと危機感を持つべきだ。

押し退《の》けようにも、すっかり成長した孝平はそう簡単に投げ飛ばせそうにない。こういうとき、体重が軽いというのは不利だ。

(寝技《ねわざ》は苦手なんだよ……)

苦手と云《い》っても、投げ飛ばしてやることが不可能なわけではない。

まだ警察学校を出たばかりの駆《か》け出しとは云え、警察官である湊が本気を出せば、孝平を捻《ひね》り上げることはできるだろう。しかし、逆に加減ができる自信がなかった。

できることなら説得して思い止《とど》まらせたいのだが、自分の失言がこの状況《じょうきょう》を招いたのだと思うと上手《うま》い言葉など出てこない。

「とりあえず冷静になれ。な？」

「冷静になんてなれるわけないだろ。この二年、湊のことだけ考えてがんばってきたんだから。湊は俺のことなんか忘れてたみたいだけど」

拗《す》ねた口調で嫌《いや》みを云われる。孝平がこんなにも不機嫌《ぶきげん》なのは、ついさっき湊がうっかり口を滑《すべ》らせたせいだった。

「別にお前のことを忘れてたわけじゃ……」

「けど、俺との約束なんてどうでもいいって思ってたんだろ」

「そ、そんなことないって」

何とか機嫌を直してもらおうと取り繕《つくろ》おうとするけれど、一度発してしまった言葉はもう取り返せない。

――まさか、本気だとは思わなかった。

俺との約束を果たしてもらうと云ってきた孝平に対し、深く考えずにそう云った途端《とたん》、その場に問答無用で押し倒《たお》された。

しどろもどろになっている湊に、さらに厳しい質問をぶつけてくる。

「じゃあ、この二年、俺の云ったこと真面目《まじめ》に考えてくれてた？」

「それはその――」

こんなことになったのは二年前の夏、孝平が留学する前のできごとが原因だった。

いい加減に考えていたつもりはないが、前向きに検討していたわけでもないため、後ろめたさに目が泳ぐ。

(孝平とあんな約束しなきゃよかった……)

自分の行動や言動には責任を持つべきであり、できるかぎり過去を悔《く》やむことのないよう心がけている。けれど、あのときのことだけは後悔《こうかい》せずにはいられない。

孝平は二年前の高校一年生の春、イギリスの学校との交換《こうかん》留学生の候補に選ばれた。留学の話を受けるかどうか迷っていた孝平の背中を押したのは湊だ。

家族や友人と離《はな》れて暮らすのは淋《さび》しいだろうけれど、絶対に将来に役立つと思ったからだ。ずいぶんと迷ったあと、行くことに決めたと口にした孝平に安堵《あんど》し、それと同時に淋しさを感じたことを覚えている。

だが、留学を勧《すす》めた立場で淋しいなどと云うわけにもいかず、努めて明るく振《ふ》る舞《ま》っていたら、イギリスに旅立つ直前、孝平から大事な話があると切り出された。

もしかしたら、まだ留学に不安を覚えているのかもしれない。そう思って励《はげ》まそうとしていた湊は、孝平の口から出てきた言葉に驚《おどろ》かされた。

『俺、湊が好きなんだ』

思考回路が停止した湊に、孝平は尚《なお》も続けた。

『……は？』

『ごめん、いきなりこんなこと云われても困るよな？　でも、イギリス行く前に伝えておこうと思って。返事は帰ってきてからでいいから、俺のこと、一人の男として見て欲しいんだ』

どうやら本気の告白をされているらしいとわかったのはいいけれど、どう対応すべきか判断がつかなかった。黙《だま》り込んでいたら、孝平に肩《かた》を摑《つか》まれ詰《つ》め寄られた。

『湊と離れるのは辛《つら》いけど、湊に相応《ふさわ》しい男になれるようがんばってくるから。だから、餞別《せんべつ》だけちょうだい』

『へ？　餞別？　あ、ああ、それはいいけど……』

小遣《こづか》いをねだっているのだろうと思い、深く考えずに頷《うなず》いた直後、摑まれた肩を引き寄せられた。目を瞬《またた》いた次の瞬間《しゅんかん》、鼻先に孝平の顔があり、唇《くちびる》が塞《ふさ》がれていた。

ぎこちない口づけに頭の中が真っ白になったけれど、すぐに正気を取り戻《もど》し、孝平の頰《ほお》を固く握《にぎ》りしめた拳《こぶし》で殴《なぐ》り飛ばした。

『何しやがる…っ』

『いって！　いま、いいって云ったじゃんか！』

『キスしていいなんて云ってない！』

『いまの話の流れならわかるだろ』

『わかるわけねーだろ！』

孝平が云う餞別とはキスのことだったらしい。頬を押さえて唇を尖《とが》らせる孝平の頭をもう一発殴ってやった。

『痛いって、湊』

『自業自得《じごう》だ。あと、兄さんって呼べって云ってるだろう』

平静を保っているつもりだったけれど、内心ではかなり動揺《どうよう》していた。湊は不満げな眼差《まなざ》しを向けてくる孝平に、恐《おそ》る恐る問いかけた。

『……つーか、俺が好きって本気で云ってんのか？』

『当たり前だろ。冗談《じょうだん》で兄貴に告白なんてできるかよ』

『そ、そうか……』

尤《もっと》もなことを云い返され納得《なっとく》しかかるけれど、問題はそこじゃないと思い直す。本気なのだとしたら、余計困る。

『あのな、俺もお前も男だ。いくら好きだからってどうすることもできないんだぞ？』

『俺がガキだと思ってごまかすなよ。男同士だってセックスはできるだろ』

『う……』

孝平もそれなりに知識を仕入れているようだった。もしかしたら、湊の性癖《せいへき》にもすでに気づいているのかもしれない。

『たしかにいまはまだガキだけど、二年経《た》って帰ってきた頃《ころ》には十八になってる。恋愛《れんあい》対象として見てくれてもいいだろ』

真剣《しんけん》に云う孝平を半眼で眺《なが》めて問いかけた。

『……お前、俺に抱《だ》かれたいわけ？』

『俺が湊を抱きたいんだよ！』

『俺よりちびのくせに何云ってんだ。そんな薄《うす》っぺらい体で俺を組み敷けるとでも思ってんのか？』

間髪《かんはつ》いれずに返ってきた反論を鼻先で笑い飛ばしてやる。説得するより、門前払《もんぜんばら》いにしたほうがいいだろうと思ったのだ。

中学の頃から剣道《けんどう》を続けていた湊は細身に見えても、筋肉はしっかりついていた。まだ未発達の孝平など、簡単に組み伏《ふ》せてしまえるだろう。

『…………』

『諦《あきら》めろ。残念だけど、お前相手にその気になんてなれない。せっかくイギリスに行くんだから、あっちで可愛《かわい》い彼女でも見つけてこいよ。そのほうがいいって』

慰《なぐさ》めの言葉をかけてやると、孝平は黙り込んだ。湊の云ったことを考えてみているのかもしれない。

話は終わったとばかり思って気を抜いていたら、孝平は真剣な面持《おもも》ちで訊《たず》ねてきた。

『……俺がでかかったらいいのか？』

『は？』

『俺がちびでこんな体格だから、その気になれないんだろ？』

孝平にとっては兄弟だという根本的な問題は些末《さまつ》なことでしかないのかもしれない。思春期の男の子にとって身長や筋肉はコンプレックスを感じる重大な要因の一つだ。

『まあ、そうだな。俺より背がでかくなって、体格もよくなって、男前になったら考えてやるよ』

期待を持たせるようなことを云《い》ったのは、頭ごなしにはねつけるよりも、高いハードルを課したほうが話が早く終わると思ったからだ。

『湊よりもでかくなったら、ヤらせてくれるってこと？』

『ああ、何でもさせてやるよ。まあ、二年で十五センチ以上伸《の》びないと無理だけどな』

孝平の身長は一六〇センチに届くか届かないかだ。湊を追い越《こ》すには、少なくとも十五センチは伸ばす必要がある。

いくら育ち盛りといっても、二年でそんなに成長するはずがない。

『絶対湊よりもでかくなって帰ってきて、湊を押し倒してやる』

『そりゃ楽しみだ』

湊は孝平の宣言を軽く受け流した。どう考えても、二年で湊の背を越えるとは思えないし、二年も経てば忘れているだろう。

そんな考えを見抜《みぬ》いたのか、孝平は保険をかけてきた。

『約束だからな。とりあえず、誓約書《せいやく》書いて。あとでなかったことにされたくないし』

『誓約書⁉』

『まさか、口先だけじゃないよな？』

疑うような眼差しを向けられ、ぎくりとする。後ろめたさを隠《かく》すように、差し出されたレポート用紙を引ったくった。

『そ、そんなわけないだろ！　そんなもの、いくらでも書いてやるよ』

結局、売り言葉に買い言葉で承諾《しょうだく》してしまった。

――孝平が自分の身長を越したら、何をされても怒《おこ》らない。

そんな一文に署名をし、拇印《ぼいん》を押した。それでもあまり不安を覚えなかったのは、小柄《こがら》な孝平に追い越されることはないだろうと高を括《くく》っていたからだ。

そして、帰ってくる頃には湊に告白したことは忘れているだろうと思い、誓約書のことなどすぐに記憶《きおく》の隅《すみ》へと追いやってしまった。

だが、孝平はそのときの誓約書を日本に帰ってくるまで大事に保管しており、湊につきつけてきた。

思惑《おもわく》と違《ちが》ったのはそれだけではない。湊の身長はそれきりぱったりと伸びなくなり、イギリスから帰ってきた孝平はめきめきと身長を伸ばしていたことも想定外のことだった。

勤務先の交番に大きな荷物を抱《かか》えた一人の青年が現れたときには、逆光で顔がよくわからなかったせいもあって一瞬誰《だれ》かわからなかったくらいだ。

「ただいま、湊」と云われたときの驚《おどろ》きは言葉にしようがない。

二年前まで見下ろしていた顔は視線よりもやや上にあり、薄っぺらだった体つきも別物になっていたのだから。

記憶よりも成長して現れた義理の弟は、いきなりこう問いかけてきた。

『俺、男前になったと思う？』

『あ、ああ』

久々の再会に込み上げてきそうになる涙《なみだ》を堪《こら》えながら深く考えずに頷くと、件《くだん》の誓約書を湊の目の前に突《つ》きつけてこう云ってきたのだ。

『湊を押し倒《たお》しに帰ってきた。忘れてないよな？』

その言葉で二年前の記憶が一気に蘇《よみがえ》り、出そうになっていた涙も引っ込んだ。あのときの焦《あせ》りは言葉にしようがない。

正直なところ、誓約書の存在をそのときまですっかり忘れていたのだが、こうして証拠《しょうこ》がある以上なかったことにもできない。

困り果てた湊は、あとで話をしようということでその場を治めたのだが、それも問題の先送りでしかなく、どう説得しようかと悩《なや》みながら自宅マンションに帰ったら、部屋の前で孝平が待っていた。

——そんなこんなで、現在、絨毯《じゅうたん》の上で組み敷《し》かれているというわけだ。

もちろん、話し合いも説得もできていない。

（まあ、でも、見事にでかくなったもんだよな）

背が伸びて体格がよくなったこともあるけれど、ずいぶんと垢抜《あかぬ》け、子供っぽさもなくなっている。困ったことに、いまの孝平は湊の好みに育っていた。

孝平が弟でなければ、悩むこともなく告白を受け入れていたかもしれない。こんな不謹慎《ふきんしん》なことを考えているなんて誰にも云えないよな、と内心でため息をつく。

「湊、真面目《まじめ》に人の話聞いてんのか？」

「聞いてるって。お前こそ俺の云ってることわかってるのかよ。俺とお前は兄弟なんだぞ？」

「血は繋《つな》がってないんだから問題ないだろ」

「問題なくない！　俺には年長者として監督《かんとく》責任があるんだ。義母《かあ》さんに合わせる顔がなくなるだろ！」

「黙《だま》ってりゃいいだけの話だ。監督責任っていうなら、俺との約束も責任持って果たしてもらいたいんだけど」

そう云われると弱い。湊は約束を破ることが嫌《きら》いなのだ。

とは云え、簡単にわかったと云えるような問題ではない。孝平は義理とは云え、弟で、しかもまだ高校生だ。

「う……で、でも、約束って云ったって、その場の勢いもあったし……」

「やっぱり、湊にとってはその程度のことだったんだ。ガキの云うことだから、すぐ忘れるだろうって思ってた？」

思いきり図星を指され、ギクリとした。蔑《ないがし》ろにしていたつもりはないが、いささか軽《かろ》んじていたことは否《いな》めない。

「い、いや、そういうわけじゃ……ほら、二年も離《はな》れてたわけだし、あっちで恋人《こいびと》でも作ってくるかもって……」

可愛い金髪《きんぱつ》の女の子に出逢《であ》えば、湊に恋《こい》していたことなど忘れてしまうだろうと思っていた。むしろ、そうなればいいと願っていた。

「全寮制《ぜんりょうせい》の男子校で？」

「二年もあったんだから、女の子と会う機会だってあっただろ⁉」

「まぁな、月一で他校の女子とパーティみたいなのはあったけど。でも、湊より綺麗《きれい》な子はいなかった」

「なっ……」

湊は返答に困り、声を詰《つ》まらせる。

孝平の顔を見る限り、お世辞でも冗談《じょうだん》でもないようだ。

抜《ぬ》けるような肌《はだ》の白さに色素の薄《うす》いさらさらの髪《かみ》。やや上がり気味の大きな目を縁取《ふちど》る睫毛《まつげ》は長く、鼻筋もすっとまっすぐに通っている。

顎《あご》のラインに無駄《むだ》なところはどこもなく、薄い唇《くちびる》は淡《あわ》い桃《もも》色をしていた。幼い頃《ころ》はしょっちゅう女の子に間違《まちが》えられたし、十代の頃は芸能事務所からスカウトされたこともある。

いまでも警官じゃなくて俳優にでもなればよかったのにとよく云われるけれど、孝平に改めて云われると動揺《どうよう》してしまう。

普段《ふだん》、他人から綺麗だの可愛《かわい》いだの云われても、とくに何の感慨《かんがい》も抱《いだ》かないのだが、何故《なぜ》か孝平からの賛辞は気恥《きは》ずかしい。

「背がでかくなって、体格もよくなっただろ？　湊だって男前になったって云ってくれたじゃん。俺は約束を守ったのに、湊は約束破るのか？」

「それは……」

出逢ったときから猫《ねこ》かわいがりしてきた可愛い弟の云うことだ。他《ほか》のことなら喜んで何でもしてやっただろう。

だが、今回の件はそうはいかない。孝平の将来にも影響《えいきょう》すると思うと、対応にも苦心する。ただ突っぱねるだけでは、頑《かたく》なにさせるだけだ。

（こいつにまで道を踏《ふ》み外させるわけには……）

湊自身、自分の性癖《せいへき》で悩んでいた時期があった。そのせいで手当たり次第《しだい》に関係を持ったこともある。

孝平が本当に同性にしか興味が持てないというのなら、親身になってやりたいと思う。けれど、その対象が兄である自分となると、背中を押すわけにはいかない。

「どうして俺じゃダメなんだよ。いま、他につき合ってるやつがいるのか？」

「いや、いまはいないけど……」

仕事が忙《いそが》しいこともあり、ここしばらく決まった相手はいない。

自らの性癖を考えると職場恋愛《れんあい》も難しく、かと云《い》って、プライベートで出逢いを求めることも難しかった。

（……しまった。嘘《うそ》でもいいから、恋人がいるって云っておけばよかった）

父親の不義で両親が離《り》婚《こん》した孝平は、浮気《うわき》や裏切りに強い抵抗《ていこう》感を持っている。交際相手がいるとなれば、大人しく引き下がったかもしれない。

だが、云ってしまった言葉は取り戻《もど》せない。

「だったら、約束は果たさせてもらう」

「ちょっと待て――――ン、んん…っ」

両手を頭の横で押さえつけられたまま、キスで口を塞《ふさ》がれた。面食《めんく》らい、一瞬《いっしゅん》反応が遅《おく》れてしまったけれど、顔を背《そむ》けて唇を解《ほど》く。

「んく、んっ……やめろ…ッ」

「逃《に》げんなよ」

「ン、ん――」

どんなに顔を背けても追いかけられ、執拗《しつよう》に唇を貪《むさぼ》られた。不慣れで荒々《あらあら》しいばかりの口づけだったけれど、口腔《こうこう》に舌を捩《ね》じ込まれると頭の芯《しん》が甘く震《ふる》える。

「はっ……ぅん、ん」

やがて、コツを掴《つか》んできたのか、上手《うま》くなってきた。上顎の凹凸《おうとつ》をなぞるように舐《な》められ、ぞくぞくと背筋を震えが駆《か》け上がる。

（やばい、こいつのキスで反応するのはまずいだろ）

しかし、一度スイッチが入ってしまった体の感覚を理性で抑《おさ》え込むのは難しい。擦《こす》れ合い、吸い上げられる舌の感触《かんしょく》に甘い声さえ出てしまいそうになる。

口腔で蠢《うごめ》く孝平の舌を思いきり噛《か》んでやれば、すぐに飛び退《の》くだろう。けれど、どうしてもそこまでする気にはなれなかった。

夢中になって湊の唇を貪っていた孝平が、不意に動きを止める。あっさりと唇が解放されたことを訝《いぶか》しく思っていたら、囁《ささや》くようにして体の変化を指摘《してき》された。

「……湊、硬《かた》くなってる」

「……ッ」

孝平の指摘に、カッと顔が熱くなった。自分でも気づかぬうちに反応していたようだ。男の場合、こういう生理現象はごまかしようがない。

「充分《じゅうぶん》やる気じゃん。これ、俺のキスで感じたってことだろ?」

孝平は腰《こし》を浮《う》かせて、服の上から股間《こかん》を触《さわ》ってくる。

「こら、勝手に触るな！　やめ……っ」

昂《たか》ぶりを緩《ゆる》く揉《も》まれ、語尾《ごび》が震える。孝平の指の感触にぐんと体積が増したのが自分でもわかってしまった。

「これ、気持ちいいんだ?」

「バカ、触るな…っ」

昂ぶりかけたそこに孝平の指が食い込んでくる。やわやわと揉みしだかれているうちに、下着を押し上げるほどに張り詰めた。

「放せっ……ぁ、や……！」

とうとう甘ったるい声を零《こぼ》してしまった。その響《ひび》きが気まずくて顔を背けると、孝平が首筋に顔を埋《うず》めてくる。

「やばい、湊すげーかわいい。ずっと妄想《もうそう》してたけど、本物はマジでやばい。血管切れそう」

「どんな妄想してたんだ……っ、あ、ン」

皮膚《ひふ》の薄い部分に唇を押し当てられ、吸い上げられる。チリ、と痺《しび》れるような感覚に肩《かた》を竦《すく》

ませた。

孝平は喉元《のどもと》や鎖骨《さこつ》に唇を押し当てながら、服の裾《すそ》から手を忍《しの》び込ませ、湊の体をまさぐってくる。

その余裕《よゆう》のないがっつきぶりに気圧《けお》されかけたけれど、流されるわけにはいかないと理性を手繰《たぐ》り寄せた。

「やめっ、孝平、マジでやめろって……！」

「やめたら俺の告白真面目《まじめ》に考えてくれんの？」

「真面目に無理だって云ってんだよッ」

声を荒《あら》らげると、孝平はムッとした顔になる。

「無理なら何で反応してんだよ」

「そっ……もう、いい加減にしろ！　強制わいせつで逮捕《たいほ》するぞ!?」

「だったら、湊が約束破るのはいいわけ？　つーか、本気で嫌《いや》だったら俺を締《し》め上げればすむ話だろ」

「お前に怪我《けが》させたくないんだよ！　なっ…ちょっ…!?」

突然《とつぜん》、シャツを捲《まく》り上げられ、無理矢理《むりやり》頭から抜かれたかと思うと、腕《うで》に絡《から》まったシャツの上からベルトで締め上げられた。

「何のつもりだ!?」

「このくらいハンデないと逃げられそうだから。湊に本気出されたら勝てないし。でも、これなら腕痛くないだろ？」

「そういう問題じゃない…って、こら、やめろ、や、あ…っ」

孝平は拘束《こうそく》した手を頭の上で押さえつけ、湊の胸元《むなもと》に顔を伏《ふ》せた。小さな尖《とが》りに舌を這《は》わされ、くすぐったさに身悶《みもだ》える。

体を捩《よじ》って逃《のが》れようとしたけれど、甘噛みされて力が抜けた。抵抗すらろくにできない湊を孝平が笑う。

「湊、感じやすすぎじゃね？」

「うるさ……っあ！」

痛みを覚えるほど強く噛まれたあと、今度は溶《と》けてしまいそうなほど執拗に舌の上で転がされる。強く吸い上げられるとそこがじんじんとして、徐々《じょじょ》に腰の奥が疼《うず》いてきた。

孝平もすでに欲望《よくぼう》を滾《たぎ》らせており、腰を擦《こす》りつけられると硬い感触が太腿《ふともも》に当たる。それを意識すると、一層感覚が鋭敏《えいびん》になっていく気がする。

「ぅ、ん、ぁ…っ、もう、やめ……っ」

「ここはやめて欲しいって感じじゃないけど」

「あ……ッ」

再び下方へ伸《の》びてきた孝平の手が下着の中に入ってくる。張り詰《つ》めかけたそれを直《じか》に握《にぎ》られ、腰が跳《は》ねそうになった。

根本の膨《ふく》らみごと揉まれると、あっという間に質量が増えた。先端《せんたん》を撫《な》でられるとぬるぬるとするのは、先走りのせいだろう。

「孝平…っ、も、洒落《しゃれ》にならない、ぁあっ」

「別に洒落にする気はないし」

「ふざけ……っあ、ぁ、あぅ」

絡みついた指が上下に動き、言葉が途切《とぎ》れてしまう。

強引《ごういん》なばかりの愛撫《あいぶ》は好きではないけれど、纏《まと》わりつくような指の感触に喉の奥から甘い声が押し出された。

強制的に与《あた》えられる快感を堪《こら》えようと、湊は絨毯《じゅうたん》を爪先《つまさき》で蹴《け》る。孝平はそんな湊のズボンと下着を押し下げ、芯を持って立ち上がる欲望を外気に晒《さら》した。

「……ッ」

明るい場所で昂ぶった性器を剥《む》き出しにされる恥《は》ずかしさに、全身が熱くなる。せめて体を折り曲げて隠《かく》したかったけれど、孝平はそれを許さなかった。

ジンジンと疼く自身を握り込まれ、全体を大きく扱《しご》かれる。敏感《びんかん》な場所を擦られる快感に下腹部がひくひくと震える。

「こ…んな……どこで覚えてきた……っん」

「学校の先輩《せんぱい》にAV見せてもらったくらいかな。あんま楽しくなかったけど。つーか、同じもんついてんだから、コツくらいわかるって」

云《い》っていることは尤《もっと》もだが、実体験がないくせに戸惑《とまど》っている様子もないことが腹立たしい。何となく釈然《しゃくぜん》としない気持ちでいると、孝平は苛立《いらだ》った表情を浮かべて云い返してきた。

「湊こそ、初めてって感じじゃないよな」

「……ッ」

「わかってたけど、やっぱムカつく。俺以外に湊に触ったやつがいるかと思うと」

「何云って――ぅん、んんっ」

その目は嫉妬《しっと》に満ちており、口づけも荒々しい。息苦しさから逃れようと顔を背《そむ》けてキスを拒《こば》んだけれど、唇《くちびる》が解《ほど》けた瞬間《しゅんかん》、上擦った声が零れてしまった。

「…っあ、ぁ、あ……っ」

快感に飢《う》えていた体は、自分でも驚《おどろ》くくらい感じている。一度、箍《たが》が外れたことで、もう声が抑えられない。

孝平の指の動きにあっという間に追い詰められ、限界が目の前に迫《せま》っていた。

「ぁう、放…せ……っ、あ、く…っ」

「イキそう？　いいよ、このまま出して。湊がイクとこ見たい」

「お前…っ、や、ぁ、あっあ――」

先端を引っ掻《か》かれた瞬間、孝平の手に白濁《はくだく》を吐《は》き出してしまった。孝平は最後まで促《うなが》すように昂ぶりを扱き上げてくる。

湊はひくひくと小刻みに下腹部を震《ふる》わせたあと、四肢《しし》を弛緩《しかん》させた。高まった熱が引いていくに従って、冷静さも戻《もど》ってくる。

（……嘘《うそ》だろ……）

こんなに簡単に、孝平にイカされてしまうなんてありえない。久々に人の手でイカされた快感は背徳感が混じり合い、何とも云えない感覚だった。

その事実に呆然《ぼうぜん》としていると、中途半端《ちゅうとはんぱ》な位置で引っかかっていたズボンを取り去られ、片方の足を押し上げられた。

「ちょ、おい…っ」

間に腰を挟《はさ》まれ、開かされた足が閉じられなくなる。拘束された手で殴《なぐ》ってやろうとしたけれど、体の横で押さえつけられてしまい、不自然な体勢で身動きが取れなくなった。

「ふざけんな、何考えてんだ！」

「湊なら訊《き》かなくてもわかってんだろ？」

「な……」

孝平は近くにあったカバンを引き寄せ、その中から何かを取り出した。それがプラスチックの容器だとわかり、湊は孝平の目的を悟《さと》った。

「おいこら、どこからそんなもん持ってきた!?」

「薬局で買ってきた。男同士だとこういうの使ったほうが痛くないって書いてあったから」

焦燥感《しょうそう》を覚える湊に対し、孝平はあくまで淡々《たんたん》と容器の蓋《ふた》を歯でこじ開け、達したばかりの湊の自身にローションを垂らしてきた。

「冷た…っ、お前はイギリスで何の勉強をしてきたんだ…！」

冷たいとろりとした感触《かんしょく》は屹立《きつりつ》を伝い、太腿のつけ根に伝い落ちる。

「英語の勉強」

「嘘つけ……っ、あっ、ん……っ、それ以上したらマジで殴るぞ！」

ローションを掬《すく》うように昂《たか》ぶりを撫でたあと、もっと後ろにある窄《すぼ》まりに指を這わせてきた。

秘《ひ》めた場所に触《ふ》れる濡《ぬ》れた感触に体が竦《すく》む。

「どうせ、してもしなくても殴るくせに」

「あ…っ、やめ、触《さわ》んな……っ」

ぬるぬると撫でる指から逃れたくて体を捩《よじ》るけれど、孝平は愛撫をやめようとはしない。

「マジでこんなとこに入んの？」

「し、知るか」

思わず目を逸《そ》らしてしまったのは、それなりの経験があるからだ。

高校から大学にかけて気持ちが荒《すさ》んでいた時期があるのだが、その頃《ころ》はずいぶんと乱れた生活を送っていた。自分の性癖《せいへき》に気づき、投げやりになっていたのだ。

それでも家族に悟らせるようなヘマはしていないけれど、後ろめたさがないわけではない。

「湊がそういう顔するときって隠しごとするときだよな」

「……ッ!?」

ギクリとした瞬間、ローションを纏《まと》った指が体内に押し込まれた。息を呑《の》んで体を強張《こわば》らせる湊にかまうことなく、孝平は指を進ませてくる。

「狭《せま》いけど、これなら平気かも」

「う、く……指、抜《ぬ》け……っ」

孝平は何度か抜き差しして指を馴染《なじ》ませると、中を探《さぐ》り始めた。

「別に痛くなさそうじゃん。前立腺《ぜんりつせん》だっけ？　気持ちいいとこがあるんだよな」

「待っ…やめ、ぅ、んんっ」

掻き回すように指を動かされ、くぐもった声が出る。湊は体内で蠢《うごめ》く感触に眉根《まゆね》を寄せ、歯を食い縛《しば》った。

「ぅあ…っ」

「ここ感じるんだ？」

びくんっと背中を撓《しな》らせた湊に、孝平は口の端《はし》を引き上げて小さく笑う。そして、見つけた弱点ばかりを執拗《しつよう》に責めてきた。

「やめ、あっ、あ……っ」

躊躇《ためら》うことなく内壁《ないへき》を探る孝平に、息も絶え絶えに問いかける。

「お前…本当に初めて、なのか……⁉」

「正真正銘《しょうめい》童貞《どうてい》だって。俺、湊じゃないと勃《た》たないし」

「なっ……」

孝平はこともなげに問題発言を口にする。

「責任感じろよ。俺に一人エッチの仕方教えてくれたのって湊じゃん」

「あ、あれはお前が苦しいって泣くから……っ」

溜《た》まった欲望《よくぼう》の処理の方法がわからず泣きべそを掻いていた孝平を見るに見かねて、手を出してしまったのだ。

あのことが『兄弟』というハードルを低くしてしまったのだろうか。だとしたら、孝平の云うとおり、責任は湊にあるのかもしれない。

「ていうかさ、初めてかどうか聞けるなんてまだ余裕《よゆう》なんだ？」

「ふざけんな…っ、あっ、んん」

「俺はさすがにもうやばい。責任取ってよ、お兄ちゃん」

孝平はそう云いながら指を抜くと、湊の体を俯《うつぶ》せにした。上半身を伏《ふ》せたまま腰《こし》を引き上げられ、恥ずかしい体勢を取らされる。

「ちょ、待っ……」

「無理、待てない」

先程《さきほど》まで指で解《ほぐ》されていた場所に熱いものが宛《あて》がわれた。息を吞んだ瞬間、その先端《せんたん》が押し込まれる。

「……ッ」

焼けつくような感覚に目の前が一瞬《いっしゅん》白くなる。内壁から伝わってくる熱と鼓動《こどう》の生々しさにぎくりとした。

狭い入り口をこじ開けるように、切っ先を捩《ね》じ込まれる。括《くび》れた部分まで埋《う》め込んだ孝平は、一旦《いったん》動きを止めて熱い吐息《といき》を零《こぼ》した。

孝平の屹立を吞《の》み込んだそこがじんじんと熱く疼《うず》き、包み込む粘膜《ねんまく》は小刻みに痙攣《けいれん》している。

「……く……湊の中、すげぇキツい」

「ふざけ……んな……っ」

体内を押し広げてくる圧迫《あっぱく》感に、内臓が押し上げられているような錯覚《さっかく》を覚える。

どんなに指で慣らされたとしても異物を受け入れるようにできていないそこは、侵入《しんにゅう》してくるものの大きさに引き裂《さ》かれそうだった。

「ごめん、湊」

「謝るくらいなら抜け……っ」

いま自分を貫《つらぬ》いているのが孝平だと思うだけで、全身を巡《めぐ》る血液が沸騰《ふっとう》しそうになる。こんなにも強く自分を抱《だ》いている相手を意識したのは初めてだった。

「こんなとこでやめられないことくらい、湊だってわかってるだろ」

孝平は何度もローションを足しては、奥へと進む。根本まで収めきった孝平は、前のほうへと手を伸《の》ばし、湊の昂ぶりを捕《と》らえた。

「何して…っん、ぁん」

苦しさに萎《な》えかけていたそれをあやすように扱《しご》きながら、繋《つな》げた体を揺《ゆ》すってくる。

「や、あっ…あ……っ」

初めはゆっくり動いていた孝平だったが、徐々《じょじょ》に自制が利《き》かなくなってきたのか、穿《うが》つ動きが荒《あら》っぽくなってきた。

ガンガンと打ちつけるように揺さぶられ、喉《のど》の奥から高い声が押し出される。

「あっあ、ぁ、あ――」

こんなことはいけないとわかっているのに、酷《ひど》く感じてしまう。内壁を抉《えぐ》るような荒々《あらあら》しい突《つ》き上げに、湊の体はどうしようもなく悦《よろこ》んでいた。

（嘘だ、気持ちいいなんて――）

そう云《い》い聞かせても、繰《く》り返される律動に湊の体は甘く震える。穿たれているその場所から蕩《とろ》けていきそうなその感覚は酷くなる一方だ。

「やっ…あ、も、キッ……っ」

内壁を擦《こす》られ続け、体の中に行き場のない熱が溜まっていく。その狂《くる》おしい感覚が辛《つら》くて、おかしくなりそうだった。

「湊、ごめん。もうイキそう」

「なっ……だったら、さっさと抜け……っ」

口では謝ってくるくせに、孝平は奥ばかりを突いてくる。

「やだ、中に出したい」

「何云っ……っあ、あっあ!」

孝平は突き上げる動きを一層激しくする。壊《こわ》れてしまいそうなほど激しく突き上げられ、喉

からは嬌声《きょうせい》しか出てこなくなった。

「あぁ…っ、あ、も、あ……ッ」

「……ッ」

荒々しい律動の中、体内に熱いものが叩《たた》きつけられた。呑み込んだ孝平の昂ぶりが震《ふる》えるの

に引き摺《ず》られ、湊も熱を爆《は》ぜさせた。

「や、ぁ、もう、いつまで……っ、んん……っ」

絶頂の余韻《よいん》に全身を強張らせている体をしつこく揺すられ、快感が引き延ばされる。

鼻から抜ける小さな喘《あえ》ぎを零していたら、まだひくついている内壁から、昂ぶりがずるりと

引き抜かれた。

「んっ」

何もなくなった場所が喪失感《そうしつ》にわななく。体が物足りなさを訴《うった》えているけれど、それを理性で抑《おさ》え込む。こんなこと、本来ならばあってはならないことなのだから。

しかし、これで終わったと安心したのも束《つか》の間、仰向《あおむ》けにされて足を左右に押し開かれた。

「おい、まさか……っ」

「これで終わりになんかできるかよ」

「嘘《うそ》――」

達したばかりのはずなのに、芯《しん》を持って張り詰《つ》めた孝平の昂《たか》ぶりを目《ま》の当たりにして息を呑む。慌《あわ》てて体を起こして、拒《こば》もうとしたけれど、すでに遅《おそ》かった。

張り詰めたままの屹立《きつりつ》に、自らの体が再び深く貫かれる様を見てしまった。

「あ…ぁ、あ……っ」

一度受け入れたあとのせいか、湊の体は何の抵抗《ていこう》もなく孝平の昂ぶりを呑み込んだ。その形に押し開かれた内壁が物欲《ものほ》しげに絡《から》みつく。

「何、考えて……っ」

「もっかいいいだろ。一度じゃ治まんない」

荒い呼吸混じりの懇願《こんがん》に体が疼く。熱が引かないのは、湊の体も同じだ。けれど、ここで欲望に流されるわけにはいかなかった。

「入れてから云うな……！」

そう叱咤《しった》しつつも、体の中で感じる質量で孝平の余裕のなさがよくわかる。一度果てたあとは思えないほど硬《かた》く張り詰め、これまで以上に激しく脈打っていた。

「いまさらやめられるかよ。湊の体がエロいせいだからな」

「人のせいにすんな……っあ、ン」

「好きだよ、湊」

「いい加減にしろ！　お前、好きなら何してもいいと思って——んぅ、ン」

反論はキスで封《ふう》じられ、思考すら搦《から》め捕られていく。

孝平は舌を絡めながらも、激しく腰を揺さぶってくる。繋がった場所から生まれる疼くような感覚が、また体中に満ちていく。

湊は苦い罪悪感と甘い快感を覚えながら、一年以上人肌《ひとはだ》に触《ふ》れていなかったことを思い出していた。

「……いい加減、退《ど》け。あんだけしたら満足だろ」

「やだ、まだ湊の中にいたい――いててて っ、わかった！　わかったから！」

頬《ほお》をキツく抓《つね》り上げてやると、孝平は渋々《しぶしぶ》と体を離《はな》した。

その瞬間《しゅんかん》、自分よりも高い体温に名残惜《なごりお》しさを感じてしまったのは、きっと人肌に飢《う》えていた期間が長かったせいだ。

最後まで、盛りのついた高校生を止めることなどできなかった。それどころか、嫌悪《けんお》感や不快感を覚えることなく、快感を得てしまった。

大学を卒業してからずっと禁欲《きんよく》生活を送っていたせいか、途中《とちゅう》から欲望が理性に勝ってしまったことは自分でも否定できない。

いつの間にか拘束《こうそく》が解けていた手で孝平の背中に縋《すが》りつき、ただ与《あた》えられる熱を追っていた。

（そうだ、欲求不満だったんだ、きっと）

そうじゃなければ、こんな簡単に流されるはずがない。だとしても、それが云い訳になるとも思っていない。隙《すき》を見せてしまったのは、完全な失態だ。

その引き締《し》まった腹部にケリを入れ、悪態をつく。

「少しは遠慮《えんりょ》しろよ！　ガキが調子に乗りやがって」

「痛い、湊。相変わらず足癖《あしくせ》悪いな」

「うるさい」

蹴《け》られながら笑っている、孝平を睨《ね》めつける。乱暴なコミュニケーションすら楽しそうにしているところを見ると、事の深刻さを認識《にんしき》していないのだろう。

（まずいよな、絶対）

一時期、羽目を外した生活を送っていたこともあり、比較《ひかく》的貞操《ていそう》観念は緩《ゆる》いほうだと自覚している。だが、それは後腐《あとくさ》れのない大人の関係においてのことだ。

本気で好きだと云っている義理の弟に体を許すなんて、どう責任を取ればいいのかわからなかった。

「どうしたんだ？」

苦い顔で考え込んでいた湊に、孝平は脳天気な顔で訊《たず》ねてくる。近づけられたその顔がムカついて、頬をキツく抓ってやった。

「どうしたじゃねぇよ」

思いきり頬を引っ張りながら、詰め寄った。

「いはいいはい、いはいって！　いって！」

限界まで頬を引っ張ったあとに指を離すと、ばちんと音がしそうな勢いで頬が元の形に戻《もど》る。

「お前は強姦罪《ごうかんざい》で逮捕《たいほ》されたいのか？」

睨めつけながら低く告げると、拗《す》ねた口調が返ってきた。

「湊だって、やだやだ云いながら何度もイッてたくせに」

「……っ、お前、童貞《どうてい》のくせに生意気だぞ！」

カッとなってもう一発殴《なぐ》ってやろうとしたら、手首を摑《つか》んで止められた。その握力《あくりょく》の強さに、孝平がもう昔の子供ではないと改めて思い知る。

「生意気なのは生まれつきだから諦《あきら》めろ」

「そんなことない。小さいときはあんなに可愛《かわい》かったのに」

摑まれた手を振《ふ》り払《はら》い、わざとらしくため息をつく。本音を云《い》えば、湊にとって孝平はいまでも可愛い弟だ。だからこそ、こんなにも悩《なや》んでいるのだ。

「酷《ひど》いな、いまは可愛くないってことかよ」

「どこが可愛いんだ、こんなにでかくなって」

お世辞にも『可愛い』とは云えない外見を半眼で眺《なが》め、ため息混じりに云い捨てる。そんな湊の物云いに、孝平は不満そうな顔をした。

「でかくなれって云ったのは湊だろ」

孝平の文句は聞き流し、目をまっすぐ見ながら云い聞かせる。

「今回だけは大目に見てやる。だから、全部忘れろ」

「そんなのできるわけないだろ！」

間髪《かんはつ》いれずに云い返してくる。

「とにかく、あの紙切れ寄越《よこ》せ。もう使用禁止だ」

押しに負けて体を許してしまったけれど、こんなことを繰《く》り返すわけにはいかない。

「どうしようかな。これがある限り、湊のこと好きにできるし」

そう嘯《うそぶ》く孝平から誓約書《せいやく》を取り上げようとするが、ひょいと上に掲《かか》げられ、届かない。それどころか、隙をつかれて頭を引き寄せられてキスされてしまった。

「…っ⁉ 孝平！ 人をからかうのもいい加減にしろ！」

堪忍袋《かんにんぶくろ》の緒《お》が切れ、怒鳴《どな》りつける。

「冗談《じょうだん》だよ。もうこんなもの使わないから安心しろよ」

「え？」

孝平は拍子抜《ひょうしぬ》けするほどあっさりと誓約書を破った。予想外の行動に目を丸くする。

「本当はこんなふうに使うつもりなかったんだけど、湊が俺の一世一代の告白をなかったことにしようとするから腹が立ってさ。仕返しのつもりで、ちょっと脅《おど》かしたかっただけ」

「は……？」

「湊が本気で嫌《いや》がるなら途中でやめようと思ってたんだ。こういうのを使って云うこと聞かせたりするのって、湊好きじゃないだろ？」

「はあ？　何ふざけたこと云ってんだ！」

獣《けもの》じみた行為《こうい》は途中で終わるどころか、声が嗄《か》れるまで解放してもらえなかった。全身気怠《けだる》く、上半身を起こしているだけでもしんどいくらいだ。

湊の異議を孝平はさらりと流す。

「だって、嫌だとか云いながら本気で抵抗しないし、気持ちよさそうだったから。湊が本気で怒《おこ》ったらもっと怖《こわ》いもん」

「おま……ッ」

真顔でしゃあしゃあと云う孝平に、絶句するしかない。

「とりあえず、今日のは二年がんばってきたご褒美《ほうび》ってことで。でも、湊も満更《まんざら》でもないみたいだったから、脈があると思っていいんだよな？」

「思うな！」

「これからがんばって口説《くど》くから。覚悟《かくご》しとけよ」

孝平はそう云って、鼻先に人差し指を突《つ》きつけてくる。説得の言葉も思いつかず、湊はただ脱力《だつりょく》するしかなかった。

2

孝平はあの日から毎日、湊の勤務する交番にやってくるようになった。夏休みもあとちょっとで終わってしまうから、少しでも長く湊と共に過ごしたいと云うのだ。

早々に追い返したくても、義母から「イギリスから帰ったばかりで不慣れなこともあるだろうから、孝平のことよろしくね」という電話をもらってしまったため、邪険《じゃけん》にできず困っていた。

最近では湊の同僚《どうりょう》や相談員ともすっかり顔見知りになり、パトロールから帰ってくると彼らと共に義母の差し入れを摘《つ》まんでいることさえある。

日中だけならまだいいのだが、帰れば帰ったで部屋の前で待っているから始末に負えない。

（こんなことなら、寮《りょう》に残ってるんだったな）

若手の警察官は基本的に寮に入ることになっているのだが、老朽化《ろうきゅうか》による改装のため部屋数が足りなくなり、近くのワンルームマンションを借りることになったのだ。

寮を出て一人暮らしがしたいという希望者がたくさんいた中で、湊にそのお鉢《はち》が回ってきたのは上司の配慮《はいりょ》だった。

警察の寮の風呂《ふろ》は共同なのだが、湊が一緒《いっしょ》だとよからぬ気持ちを抱《いだ》いてしまうと悩みを訴《うった》える者が多くいたらしい。寮を出られたことは幸運だったけれど、その理由を告げられたときは苦笑いをするしかなかった。

　孝平は二年のブランクを埋《う》めるように、留学先であったことを話し、いくつも質問を投げかけてくる。

　それだけなら、微笑《ほほえ》ましい兄弟の図なのだが、ことあるごとに「好きだ」と云ってくるのが悩みの種だ。

　子供のときも「おにいちゃん、だいすき」とよく云っていたけれど、それとは根本的な意味が違《ちが》う。

（そういや、いつの間にか呼び捨てにするようになったんだよな、あいつ……）

　背伸《せの》びして大人ぶっているだけかと思っていたけれど、もしかしたら湊を恋愛《れんあい》対象と意識したせいだったのかもしれない。

　以前は人懐《ひとなつ》こくても口下手《くちべた》なほうだったのに、すっかり口が達者になっていた。違う文化の中で生活していたことで、積極的な性格になったのだろうか。

　そんな性格の変化にも戸惑《とまど》わざるを得なかった。

（どうしたもんか……）

　頭を悩ませながら出先から自転車で交番に向かっていたら、通りかかった公園の入り口でぐずりながらきょろきょろとしている三、四歳くらいの男の子を見つけた。

「どうした？　どこか痛いのか？」

自転車を公園の脇《わき》に停《と》め、男の子の前に屈《かが》んで声をかける。

「ううん、いたくない」

男の子は目にいっぱい涙《なみだ》を浮《う》かべつつも、首をぶんぶんと横に振った。

「じゃあ、一人でどうした。何があったんだ？」

「うんとね、ママがいなくなっちゃったの」

「ママと一緒に公園に来たのか」

「うん。すぐかえってくるってゆってたのに、おむかえにきてくれない」

状況《じょうきょう》を説明していたらまた悲しくなってきたのか、しゃくり上げて泣き出した。その様子に思わず出逢《であ》ったばかりの頃《ころ》の孝平を思い出す。

（あの頃はすげぇ可愛かったのに……）

新しい『母親』に自分の居場所を取られてしまうのではという不安すら、孝平に出逢って吹《ふ》っ飛んだ。あんな可愛い生き物が自分の弟になるなんてと、それまで恨《うら》んでいた神様にも感謝したくらいだ。

いまはあんなに太々《ふてぶて》しくなってしまったけれど、当時は甘ったれで泣き虫で引っ込み思案《じあん》だった。子供の成長は速いものだとしみじみとした気持ちになるが、いまは感慨《かんがい》に耽《ふけ》っている場合じゃない。

「わかったわかった！　お巡《まわ》りさんが一緒に捜《さが》してやる。だから、もう泣くな」

小さな頭をぽんぽんと撫《な》で、にっこりと微笑みかけると、男の子は目を丸くして泣きやんだ。そして、湊の顔をじっと見つめたあと、泣き濡《ぬ》れた目を手の甲《こう》で擦《こす》って唇《くちびる》を引き結ぶ。

「うん、なかない」

「よし、偉《えら》いぞ。それでこそ男だ！」

大仰《おおぎょう》に褒《ほ》めて手を繋《つな》いでやる。もしかしたら、母親のほうも子供のことを捜しているかもしれないと思い、公園の周りを捜してみることにした。

（あいつも昔はこんなだったのにな……）

思い出に浸《ひた》りそうになる思考を振《ふ》り払《はら》い、男の子に話しかける。

「よし、じゃあママを捜しに行くぞ。ママはどんな人？」

「うんとね、きれいでやさしいの。でも、おこるときはすごくこわい」

「そうか。ママ、今日はどんな格好してたか覚えてるか？」

「うーんと……あかいおようふくきてた」

「赤い服か。目印になるな。公園にはどうやってきた？　車に乗ってきた？」

「ううん、ママとてをつないできたよ」

歩きならそう遠くには行っていないはずだ。話が聞ける人はいないだろうかと辺りを見回していて思い出した。一本向こうの道にコンビニエンスストアがあったはずだ。

男の子を引き連れてコンビニへ向かうと、ちょうど赤い服を着た若い女性が自動ドアをくぐって出てくるところだった。

「あ、ママだ！」

母親を見つけてほっとしたのか、男の子はやっと笑《え》みを浮かべた。

「あれがママか。よかったな、見つかって。ほら、ママのとこ行きな」

「うん！」

背中を押してやると、たどたどしい足取りで母親の下へと走っていく。男の子が駆《か》け寄って抱きつくと、彼女は怖い顔で叱《しか》りつけた。

「やだ、何でこんなところまで来てるの⁉　ちゃんと公園で待ってなさいって云《い》ったでしょう！　どうしてママの云うこと聞けないの？」

「……ごめんなさい……」

嬉《うれ》しそうな顔をしていたのも束《つか》の間、母親のキツい声音《こわね》に体を小さくする。その様子が可哀《かわい》想《そう》になり、湊は母親に声をかけた。

「すみません、その子のお母さんですか？」

「そうですけど、何か？」

湊のほうを見ようともせず、ふて腐《くさ》れた様子で聞き返してくる。

「公園の前で泣いていたので、一緒にお母さんを捜しに来たんです。何かあるといけないので、小さいお子さんからは目を離《はな》さないであげて下さいね」

「余計なお世話よ――」

そう云いかけた彼女は、湊の顔を見て言葉を途切《とぎ》れさせた。啞然《あぜん》としている彼女に向けて微笑みかけると、頰《ほお》を赤らめ態度を変えた。

（こういうとき便利だよな、俺の顔って）

強面《こわもて》の犯罪者に対しては舐《な》められやすい女顔だが、女性や子供に対しては威圧《いあつ》感を与《あた》えずにすむ。むしろ、笑みを浮かべれば好感を持たれるほどだ。

仲のいい友人などには、中身と外見のギャップが激しいと揶揄《やゆ》されるのだが、利用できるものは何でも使うべきだ。

「ご、ごめんなさい、すぐ戻《もど》るつもりだったので」

さっきの不機嫌《ふきげん》さはなくなり、頰を赤らめ、上目遣《うわめづか》いにこちらを見てくる。心なしか、ワントーン声も高くなっているようだ。

「次から気をつけて下さいね。お子さんにとっては、あなたが世界の中心なんですから」

「はい…！」

「ママが見つかってよかったな」

母親に念を押してから、屈んで男の子に話しかける。がしがしと頭を撫でてやると、嬉しそうにはにかんだ。

「うん！ おまわりさんありがとう」

「どういたしまして。これからは絶対にママの傍《そば》を離れちゃダメだぞ」

元気よく頷《うなず》くのを確認《かくにん》し、湊はその場を離れた。公園の脇に停めておいた自転車のところまで戻り、周りに誰《だれ》もいないのをいいことに悪態をつく。

「……ったく、万が一何かあったらどうすんだ。母親の自覚があるのか？」

子供の目線は低く世界も狭《せま》いし、いくら云い聞かせていようが、どんな行動に出るか予想もつかない。

危害を加えるような不審《ふしん》者がいなくても、転んで怪我《けが》をすることも考えられるし、道路に飛び出す可能性だってあるのに、あんな小さな子を外で一人にしておくなんて気が知れない。

ぶつぶつと文句を云いながら自転車に跨《また》がった。残暑も厳しいため、自転車を漕いで交番へと戻った頃には汗《あせ》だくになってしまった。

こめかみを伝い落ちる汗を手の甲で拭《ぬぐ》いながら、引き戸を開けるとひんやりとした空気が体を包み込んだ。

「すみません、遅《おそ》くなりました」

「お疲《つか》れ、外暑かっただろう？」

先輩《せんぱい》の原田《はらだ》に声をかけると、手元の書類から顔を上げてねぎらってくれた。

「何か変わったことはあったか？」

「公園で迷子の男の子がいたんで、一緒《いっしょ》に母親を捜してました」

「見つかったのか？」

「ええ、近くのコンビニに買い物に行ってました。無責任にもほどがありますよ。あのへん、車通りだって少なくないのに」

湊が不満げにぼやくと、原田がまあまあと云って宥《なだ》めてくる。

「まあ、でもよかったじゃないか。無事に会わせることができて。そうだ、また近くの小学生が差し入れおいてったぞ。落とし物を拾ってくれたお礼で、手作りクッキーだってさ。お前、ホントにモテモテだな」

「子供の手作りは、もう怖《こわ》くて食えませんよ……」

机の上に置かれた包みをげんなりとした顔で見る。

「まあ、そういうなよ。可愛《かわい》いもんじゃないか」

「じゃあ、原田さん食います？」

「あ、いや、俺は遠慮《えんりょ》しとくよ」

途端《とたん》に顔を引き攣《つ》らせた原田に苦笑《くしょう》する。お互《たが》いに素直《すなお》に喜べないのは、バレンタインの一件があるからだ。

ありがたいことに、近所の学校に通う女子生徒たちからたくさんのチョコレートをもらったのだが、そのうちの一つがすごかった。

手作りのチョコレートだったのだが、塩と砂糖を間違《まちが》えていて、とんでもない味になっていた。世の中には塩味のデザートというものがあるけれど、使用している量が違いすぎる。あの破壊《はかい》的な味を思い出すだけでも気分が悪くなってくる。好意はありがたいのだが、無邪《むじゃ》気《き》であればあるほど、何をしでかすかわからないと思い知らされた。

「原田さん、次から断っておいて下さいよ」

「自分で断れよ。俺は女の子に恨《うら》まれるの嫌《いや》だからな」

押し問答をしていたら、外からクラクションの音が聞こえた。振り返ると、見慣れた顔が車の運転席から顔を覗《のぞ》かせていた。

彼は高杉慎司《たかすぎしんじ》、大学のときの剣道《けんどう》部の先輩で、職場でも上司にあたる存在だ。国家公務員試験のI種を受けて警察官になった彼は、いわゆる「キャリア」という立場にいる。

父親が警視庁の上層部におり、将来が嘱望《しょくぼう》されているエリート中のエリートだ。見習いとして所轄《しょかつ》に着任したわけだが、キャリアの割に行動派のため現場では持て余されている面もあり、周囲には問題児として認識されている。

「ほら、警部殿《どの》がおいでだぞ。お前に会いに来たんじゃないのか？」

原田がそう云うのは、彼もこの交番の常連だからだ。仕事の合間に、後輩《こうはい》である湊にしょっちゅう会いに来る。

「暇《ひま》なんですかねぇ……」

「暇なんだろう。早く行ってやれよ」

やれやれと思いながら、外に出る。日差しのキツさにうんざりして眉根《まゆね》を寄せた。

「高杉さん、どうしたんですか？」

「署に戻るところなんだけど、ちょっと湊の顔を見ようと思って」

高杉はパトカーの停《と》まっていない駐車場《ちゅうしゃじょう》に勝手に駐車し、運転席から降りてくる。この暑い中、ワイシャツを着てネクタイまできちんと締《し》めているくせに涼《すず》しい顔をしていてすごい。

「暇なんですか？」

思わずストレートに訊《き》いてしまう。

「ない時間をやりくりして捻《ひね》り出して来てるんだよ。捜査《そうさ》の帰りに寄ったんだ」

「捜査なら何で一人なんですか」

たしか、高杉はベテランで年上の捜査員とコンビを組まされているはずだ。

「女性の被害者《ひがいしゃ》への聞き取りだったから、俺一人で行ってきたんだ。あんな強面と一緒に行ったら、怯《おび》えて話をしてくれないかもしれないだろう」

「…………」

高杉の云うことには一理あるけれど、彼の所属する課の面々の苦労を思うとため息が出る。こんなふうに好き勝手していて見逃《みのが》してもらえているのは、高杉の地位と後ろ盾《だて》があってこそだろう。

「なあ、今日は夜勤はないんだろ？　一緒にメシ食いにいこうぜ」

「いいですけど……もしかして、わざわざそれを云《い》いにきたんですか？　携帯《けいたい》にメールしておいてくれればいいのに。キャリアの警部さんに度々《たびたび》交番に来られると困るんですけど」

「いいだろ、お前の顔も見たかったんだから」

「はいはい。そういうのは、女の子に云ってあげて下さい。ウチの女子に高杉さんと合コン組んでくれって散々云われてるんですけど」

「湊、お前な……」

恨みがましい目を向ける高杉から、わざとらしく顔を背《そむ》ける。

恋人《こいびと》としてつき合っていたわけではないが、高杉とは一時期体の関係があった。

高杉が卒業し、警視庁に入ることが決まったときに関係を清算した。いまではただの先輩後輩関係でいるけれど、高杉には未練があるようなのだ。

それとなく元の関係に戻ろうと水を向けられることもよくあるのだが、いつも笑って流していた。そんな関係がバレたらお互いこの仕事を続けていけなくなるだろうし、湊のほうには微《み》塵《じん》も未練はない。

（というより、誰にも本気になったことがないんだけど）

異性に恋愛《れんあい》感情が持てないと気づいた高校生のときからずっと、本気で好きになれる相手がいない。

同性の体にドキドキすることはあっても、個人となると何故《なぜ》か興味が持てないのだ。

高杉との関係は初めのうちこそ気楽なものであったけれど、彼の本気が見え隠《かく》れしてきた頃《ころ》から重くなっていった。

同じ職場になったのは、別に高杉を追いかけたからではない。むしろその逆だ。湊が警官を目指していると知った高杉が、志望先を警視庁に変えたのだ。

友人としてつき合っていくぶんにはいい人だと思うのだが、寄せてくれている気持ちには応《こた》えられない。幾度《いくど》となくそう伝えてあるのに、未《いま》だに諦《あきら》めてくれていないのだ。

「そうだ、あの話は考えてくれたか？」

「公務員I種のことですか？　俺は受けませんよ。やっと仕事にも慣れてきたところだって云うのに。それにいまから試験を受け直すのは面倒《めんどう》ですよ」

高杉にはずっと国家公務員試験I種を受けて、警視庁に入り直せと云われている。多分、自分のあとを追いかけてこいということなのだろう。

だが、湊にはキャリア志向は少しもなかった。目指しているのは『正義の味方』なのだから。

「もったいないな、その頭があるのに」

「俺はずっと現場がいいんです。別に上に行きたいわけじゃないんですから」

「キャリアになってから、現場を希望すればいいじゃないか」

「そうもいかないでしょう。すみません、目をかけていただいてるのに期待《きたい》に添《そ》えなくて」

「悪いと思ってなさそうな口ぶりだな」

ため息をついて肩《かた》を落とす高杉に、苦笑いを浮《う》かべるしかない。いい加減、説得を諦めてもらいたいのだが。

「それよりも、いいんですか？　いつまでもこんなところで――」

「湊っ」

「うわっ」

高杉に帰るように促《うなが》そうとした瞬間《しゅんかん》、いきなり背後から抱《だ》きしめられ、間抜《まぬ》けな声を出してしまった。

自分にこんなことをしてくるのは一人しかいない。体に巻きつけられた腕《うで》を引き剝《は》がしながら、厳しい表情で振《ふ》り返った。

「孝平！　お前今日から学校なんじゃないのか⁉」

「今日は始業式だけだって云ったろ。終わって、速攻《そっこう》帰ってきた」

心なしか息が上がっている様子なのは、走ってきたせいのようだ。孝平の腕を外し、

「友達と会うのだって久々だろ。こんなとこ来てないで、遊んでこいよ」

「遊んでこいって、小学生じゃないんだから。学校のやつらとは明日から毎日会えるからいいんだよ」

「だからって俺のところに来んな」

「どうせ明日も質問責めにあうのに、放課後まで面倒なことしたくねーよ。友達より湊のほうが大事だし」

「俺が大事なら帰れ。仕事の邪魔《じゃま》をするな」

友達よりも湊を優先するのは、子供のときから変わっていない。ブラコンとからかわれることもあったらしいが、孝平は悪びれることなくそれを肯定《こうてい》していた。

「ほら、仲のいい子がいたろ、九重《ここのえ》くんだっけ？　積もる話もあるだろう」

「真浩とならあっちにいる間もしょっちゅうメールしたりネットで話したりしてたから、とくに話すネタなんてねーよ」

「メール？　送れるんなら何で俺には一通も送ってこないんだよ！」

孝平が何気なく口にした一言が引っかかった。家族宛《あて》には年に数回のハガキしか寄越《よこ》さなかったくせに、友達とは頻繁《ひんぱん》に連絡《れんらく》を取り合っていたなんて全然知らなかった。

「湊にメールとか電話とかしたら、ホームシックになって帰りたくなるだろ」

「そんなの知るか！」

孝平が自分よりも友人を優先していたということにショックを受けた。どんなときであろうが、自分が一番だと根拠《こんきょ》もなく信じていたのだ。

（俺、ヤキモチ妬《や》いてんのか…？）

これではまるで子離《こばな》れできていない過保護な親のようだ。揺《ゆ》れ動く自らの感情に困惑《こんわく》していると、高杉がぼそりとツッコミを入れてきた。

「……君たち、俺のことを忘れてないかな」

「あ、いたんですか。全然気づきませんでした。こんな暑い日に長袖《ながそで》着てなきゃいけないなんて、キャリアの方は大変ですね」

孝平は高杉に棒読みの労《ねぎら》いの言葉をかける。その太々《ふてぶて》しい態度に、湊はこっそり孝平の足を踏《ふ》みつけた。

「痛い、湊」

「お前は黙《だま》ってろ！」

高杉が苦笑いしながら、湊たちのやり取りに口を挟《はさ》んできた。

「相変わらず湊のことしか目に入らないんだな」

学生の頃、何度か高杉を家に招いたことがあるため、二人は顔見知りではある。だが、孝平は何故か高杉のことを嫌《きら》っているようなのだ。

「視力が悪いんで。ご無沙汰《ぶさた》してます、高杉さん」

少しは大人になったのか、ぶっきらぼうながらも挨拶《あいさつ》を口にする。高杉はそんな孝平の態度を気に留めることなく、笑顔《えがお》で返した。

「見違《みちが》えたよ、あんなにちっちゃかった孝平くんがこんなに大きくなるとはね。イギリスからはいつ帰ってきたんだ？」

「帰ってこないほうがよかったみたいな云い方だな」

「そんなつもりで云ったんじゃないよ。でも、二年も一人で過ごせたんだから、兄離れができたんじゃないか？」

「そんなこと、あんたには関係ねーだろ」

相変わらずのピリピリした空気に頭が痛くなってくる。

（どうして、いつもこうなるんだ……）

つっかかる孝平に対して、高杉が挑発《ちょうはつ》するようなことを云うのも毎度のことだ。全身の毛を逆立てるようにして威嚇《いかく》してくる孝平を面白《おもしろ》がっているのだろう。

「あんた仕事中なんじゃないの？　いいのかよ、こんなとこでサボってて」

「部下と親交を深めるのも、仕事を円滑《えんかつ》に進めるために必要だからな。君こそ、湊の仕事の邪魔になってると思うけど？」

「あんたがいなくなったら帰るつもりだから。つーか、湊のこと呼び捨てにすんなって云っただろ。直接の上司でもないくせに偉《えら》そうな顔すんなよ」

「君の許可を得る必要はないだろう。まったく、いつまで子供っぽい独占欲《どくせんよく》を抱《いだ》いてるつもりなんだい？」

どちらも自分から引こうという気はないようだ。湊は仕方なく間に入り、無理矢理《むりやり》会話を切り上げさせた。

「あの、高杉さん、そろそろ署に戻《もど》らないとまずいんじゃないですか？　捜査《そうさ》の帰りだって云《い》ってませんでしたっけ？」

「そうだったな。やれやれ、課長を困らせるわけにもいかないから戻るよ」

高杉が大人しく帰る気になってくれてほっとする。湊は運転席に乗り込む高杉を睨《にら》みつけている孝平を押しやり、自分の後ろに隠すようにした。

「気をつけて署に戻って下さいね」

「ああ。それじゃ、またあとで連絡するから」

わざとらしくウィンクをして見せ、高杉は手を振って帰っていく。車が見えなくなってから、あからさまに不機嫌《ふきげん》な顔をしている孝平の頭を叩《たた》いた。

「いてっ」

「孝平！　どうして、高杉さんにつっかかるんだ。年長者に向かってああいう態度を取るのは感心しない。俺はお前をそんなふうに育てた覚えはないぞ」

青筋を立てて厳しい口調で叱《しか》りつけると、孝平はむくれた顔で黙り込んだ。じっと睨みつけていたら、小さな声で謝ってきた。

「……………ごめんなさい」

「あの人と気が合わないのかもしれないけど、お前ももう十八なんだから、もっと大人な態度を取れるだろう？」

孝平は湊の説教を大人しく聞いている。怒《おこ》られているときのしゅんとした様子は、幼い頃《ころ》とまったく同じだ。

背は大きくなっても、中身は自分の知っている孝平のままだと思うと、怒る気も削《そ》がれてしまった。苦笑いしながら、背中を叩いて帰るよう促す。

「わかったら、さっさと帰れ」

「大人しく帰るから、夜、湊んとこ行っていい？」

甘えた口調で問われたけれど、すでに先約があるため、湊はあっさりと一蹴《いっしゅう》する。

「今日はダメだ。高杉さんとメシ食いに行くから」

高杉の名を出した途端《とたん》、孝平は血相を変えた。

「あいつと二人で!?」

「そうだよ」

「そんなのダメに決まってんだろ!? あいつと二人っきりになんかさせられるかよ！」

孝平は湊の肩を摑《つか》み、すごい剣幕《けんまく》で反対してくる。食事に行くだけなのに、ここまで過剰《かじょう》反応するなんて、余程高杉が気に食わないのだろう。

「お前に指図される謂《いわ》れはない」

「湊…っ」

「とにかく帰れ。仕事中に弟の相手をしてる暇《ひま》はないんだよ。お前は俺の評価を下げる気か？」

「……っ」

脅《おど》すような問いかけに反論の言葉はなく、孝平は物云いたげな目をしながら押し黙った。何だかんだ云いつつも、基本的には素直《すなお》な性格をしているのだ。

「もうあんまりここには来るな。次の休みは相手してやるから」

「マジで？」

交換《こうかん》条件を出してやると、孝平は表情をぱっと明るくした。適度に飴《あめ》を与《あた》えておかないと何をしでかすかわからない。

「ああ、行きたいところがあるなら、どこでも連れてってやる。だから、俺の云うことを聞け」

「わかった。約束だからな」

後ろ髪《がみ》を引かれるような様子で帰っていく孝平を見送り、ようやく嵐《あらし》が過ぎ去ってくれたことに安堵《あんど》する。

（…ったく、いつまで甘えてるつもりなんだかな）

孝平と接していると、犬を相手にしているような錯覚《さっかく》を覚えるときがある。

慕《した》ってくれるのは嬉《うれ》しいけれど、その真意を知っている以上、気を持たせるようなことをすべきではないだろう。

そうとわかっていても突《つ》き放しきれないのは、自分にもブラコンの気があるからだ。

「……困った……」

孝平が高杉のことをよく思っていない理由には心当たりがある。自宅に高杉を呼んだとき、部屋でキスしているのを孝平に見られた可能性があるのだ。

もしかして、孝平が自分のことを「好きだ」と云い出したのはあのときのことがあるのではないかと疑っていた。

怖《こわ》くて本人に確認《かくにん》はできていないが、そのことで悪い影響《えいきょう》を与えてしまったのだとしたら罪悪感を覚える。

「どーしたもんかな……」

湊はぼやくように呟《つぶや》き、雲一つない真っ青な空を仰《あお》ぎ見た。

「すみません、遅《おそ》くなって」

署で着替《きが》えてから行きつけの居酒屋までマウンテンバイクを飛ばしてきたのだが、それでも約束の時間には遅《おく》れてしまった。

公務員と云っても、警察官が定時きっかりに帰れることはほとんどない。

息を切らしながら高杉の前の席に腰《こし》を下ろす。二人で食事をするときは、いつもこの店に来る。テーブル席が個室のようになっていて、周りに気兼《きが》ねすることなく会話ができるからだ。

「俺もいま来たばかりだ。食事はてきとうに注文しておいた。飲み物は何にする？　ビールでいいか？」

「いえ、帰り自転車なんでウーロン茶で。警察官が飲酒運転はまずいですから」

「署に置いてくりゃよかったのに。酒飲みたくないから乗ってきたんじゃないだろうな」

「違《ちが》いますよ。明日の朝歩きで行かなくちゃいけなくなるのが嫌《いや》なんです」

通りかかった店員に飲み物の注文をしてから、背中に斜《なな》めにかけていたカバンの中を漁《あさ》る。しばらく探《さぐ》って見つけたものを高杉の前に滑《すべ》らせた。

「あ、そうだ。はい、これ。高杉さんに渡《わた》せって」

「何だこれ」

「女子から預かってきたケー番とメアドです。裏にプリクラと部署名がありますから、気に入った子に連絡《れんらく》してあげて下さい」

高杉と食事に行くと漏《も》らしたら、あっという間に女子の間に広がり、帰り際《ぎわ》にまとめて押しつけられたのだ。

署を出る前のことを淡々《たんたん》と報告すると、高杉は顔を引き攣《つ》らせた。

「お前、俺の気持ちわかっててこういうことするんだもんなぁ」

湊はため息混じりにカードを捲《めく》る高杉に苦笑いを返す。

「俺たちはもう終わったでしょう？　どうせ、俺のことだって本気で口説《くど》いてるわけじゃないくせに。それに俺は未来の幹部候補と遊びの関係を持てるほど、神経太くありませんから」

きっと、同じような性癖《せいへき》を持った人はどこかにいるだろうが、誰《だれ》しも表には出さない。古い体質を持った組織の一員である以上、マイノリティーは隠《かく》さなくてはならないのだ。

高杉が湊に未練があるように振《ふ》る舞《ま》うのは、淋《さび》しいからだろう。その立場や性癖をわかった上で本音を晒《さら》け出せる相手は他《ほか》にいない。

「俺が他の省庁に行ってたって、その気にはならないくせに」

「だって仕方ないでしょう。もうお互《たが》いに大人なんだから。高杉さんは女性がダメってわけじゃないんだから、早くいい人見つけて下さいよ」

高杉のことは嫌《きら》いじゃない。話も合うし、一緒《いっしょ》にいて楽しいし、体の相性《あいしょう》も悪くなかった。むしろ、人としては好感を抱《いだ》いているくらいだ。

だからこそ、こうして友人としてつき合い続けている。けれど、いま彼が背負っているものを鑑《かんが》みたら、刹那《せつな》的な関係すら持つわけにはいかなかった。

「結婚《けっこん》するなら見合いになるだろうな。職場恋愛《れんあい》は面倒《めんどう》だ」

「同感です」

「しかし、俺に気があるなら直接云《い》いに来りゃいいのに」

「警部殿《どの》には近寄りがたいみたいですよ？」

「そうか？　むしろ、お前のほうが近寄りがたい顔してると思うけどな」

「こんな顔でも巡査《じゅんさ》ですから。いつも愛想《あいそ》よくしてますし」

「じゃあ、モテモテだろう」

「いえ、彼氏にはしたくないと常々云われてます。自分より綺麗《きれい》な顔の横に並びたくないって」

我ながら呆《あき》れてしまうほどの女顔だ。未《いま》だ男社会の警察では揶揄《やゆ》の対象になることも少なくないけれど、交番勤務においてはいまのところ得をすることのほうが多かった。

「彼女たちの気持ちはわかるが、自分で云うか？　そういうことを」

「だって仕方ないでしょう、事実なんだから。ああ、でも心配しないで下さい。こんなこと、親しい人の前以外では云いませんから大丈夫《だいじょうぶ》ですよ」

幼い頃からからかわれていた自分の顔を肯定《こうてい》的に捉《とら》えられるようになったのは、孝平のお陰《かげ》もある。何故《なぜ》か初めて会った幼稚園児《ようちえんじ》のときからこの顔を気に入っていて、どんなにぐずっているときでも湊が微笑《ほほえ》みかければ上機嫌《じょうきげん》になった。

大きくなるに従って綺麗だの可愛《かわい》いだの辟易《へきえき》するくらい云うようになり、卑屈《ひくつ》に考えているのがバカバカしくなっていったのだ。

卑下《ひげ》するくらいなら利用したほうがいい——そう開き直ったわけだ。

湊の物云いに、高杉は声を立てて笑う。

「そういうところも好きなんだけどな。それにしても、君の弟は相変わらずだな。体はデカくなってたけど、中身はそのまんまなんだもんなあ」

「すみません、躾《しつけ》がなってなくて。ちゃんと云い聞かせておきますから」

高杉の言葉に、湊は恐縮《きょうしゅく》して頭を下げる。共働きだった両親に代わって孝平の面倒を見てきたのは湊だ。

「面白《おもしろ》かったからいいけど、お前の過保護っぷりも相変わらずみたいだな。いつまでべったりしてるつもりなんだ」

「べ、別に過保護になんか……」

「自覚がないなら、かなりの重症《じゅうしょう》だぞ。お前が親代わりのようなもんだから、仕方ないだろうけどな。留学が弟離《ばな》れする機会になるかと思ったんだがな」

「………」

湊は、云い返す言葉もなく黙《だま》り込む。ブラコン気味なところがあることは自覚しているつもりだが、面と向かって指摘《してき》されたことは些《いささ》かショックだった。

気まずさをごまかすために、冷えたグラスに手を伸《の》ばす。アルコールなら少しは気分も紛《まぎ》れただろうが、冷たいウーロン茶では酩酊《めいてい》することなどできやしない。

普通《ふつう》の兄弟よりもお互いの距離《きょり》感が近いのは、血が繋《つな》がっていないせいなのだろうか。本物の兄弟ではないから、より兄弟らしくしなければという強迫《きょうはく》観念があったのかもしれない。

(あいつのほうはそうじゃなかったわけだけど)

『兄弟』という強い意識があるなら、恋愛感情など抱くわけがない。性欲《せいよく》なんて以《もっ》ての外《ほか》だ。

しかし、そう考えると孝平の衝動《しょうどう》的な行動を止められなかった自分のことがわからなくなってくる。そうやって考え込んでいると、高杉が注文していた料理が運ばれてきた。

「お待たせしました」

出汁《だし》巻き玉子や冷や奴《やっこ》など、定番メニューが次々に並んでいく。

「そう臍《へそ》を曲げるな。お前を否定してるわけじゃないんだから」

「別にいいですよ。いまさらフォローしてくれなくても」

「今日は奢《おご》ってやるから機嫌直せ。ほら、好きなもん頼《たの》んでいいぞ」

「不機嫌なわけじゃないですよ。でも、せっかくなんでご馳走《ちそう》になります」

手渡《てわた》されたメニューを開き、遠慮《えんりょ》せず値の張る刺身《さしみ》を注文する。このくらいでは高杉の財布《さいふ》が痛むことはないだろう。

いつまでも孝平の話をされているのは分が悪いため、湊は自分から話題を変えた。

「そういえば、最近はどんな捜査《そうさ》をしてるんですか？」

「いまは小物を追ってるよ。確実に証拠《しょうこ》を固めないと、捕《つか》まえたのに起訴《きそ》できないってことになりかねないからな」

「相変わらず熱心ですね」

何もさせずにさっさと出世させたい上層部の思惑《おもわく》とはうらはらに、高杉自身は現場に出たがり、細々とした捜査も自ら買って出る。

本庁の幹部の息子《むすこ》を預かっているわけだから、上司は相当胃を痛めていることだろう。

「お前のほうはどうだ？」

「何もないのが一番なんでしょうけど、小さな揉《も》めごとはしょっちゅうですね。あと最近、管《かん》轄《かつ》内で痴漢《ちかん》が出るらしくて」

夜中、近所の住人がよく近道で使う公園で、見知らぬ男に抱きつかれそうになったり、通りすがりに体を触《さわ》られたりという被害《ひがい》に遭《あ》った女性が何人もいるらしく、夜間のパトロールを強化してくれという依頼《いらい》を自治会長から受けている。

「近くに学校も多いから心配だな。何か犯人の情報はないのか？」

「中肉中背ってことくらいですね。あとは平日の公園によく現れるということくらいでしょうか。もしかしたら通報を受けていない案件もあるかもしれません」

又聞《またぎ》きの話が多いのは、被害者が自分から進んで被害を訴《うった》えにこないからだ。人に話しにくいだろうことも、一刻も早く忘れたいだろうこともよくわかる。

だからこそ、被害者がこれ以上増える前に早く犯人を捕まえたかった。

「夜間のパトロールはしてるんだろう？　何か対策はないのか？」

「今度、勤務のあとに公園で張り込みをしようと思ってるんですよ」

パトロールは犯行の抑止《よくし》にはなるけれど、犯人を捕まえることは難しい。それならば、被害届が出されるのを待ってから犯人を捜《さが》すよりも、現場を押さえてしまうのが手っ取り早いと考えたのだ。

「張り込み？　もしかして、一人でやるつもりじゃないだろうな？」

「何でわかったんですか？」

「一人で大丈夫なのか？　俺も一緒に張り込んでやろうか？」

「大丈夫ですって、俺だって警察官なんですから。警部の手を煩《わずら》わせるほどのことはありません」

湊は高杉の心配を笑い飛ばす。細身のため柔道《じゅうどう》はあまり得意なほうではないけれど、素人《しろうと》に負けるほど弱くはないし、剣道《けんどう》なら有段者だ。

「逆にお前が狙《ねら》われそうで心配だ。大学のときだって、ヘンな男につけ狙われてただろ」

「あのときだって、大したことはなかったじゃないですか」

他校の学生に妙《みょう》に気に入られてつきまとわれたこともあったけれど、それ以上のことはなかったし、迷惑《めいわく》していると云ったらその人物は現れなくなった。

それに今回の犯人は女性を狙っているのだから、湊を心配する必要はない。

「とにかく、張り込みをするなら、せめて二人でやれ。それが基本だろう」

「張り込みって云ったって、目撃《もくげき》情報の多い時間帯だけだし平気ですよ」

「いや、ダメだ」

「高杉さんに許可をもらうつもりはありませんから」

心配だという高杉と押し問答になっていたら、ポケットに入れていた携帯《けいたい》電話が震《ふる》えて着信を知らせた。緊急《きんきゅう》の呼び出しかと緊張《きんちょう》しかけたけれど、かけてきたのは義母だった。

「すみません、ちょっと失礼します」

ほっとしつつも高杉に断りを入れ、違《ちが》う緊張《きんちょう》感に居住まいを正して電話に出る。

「はい、湊です」

『もしもし、私だけど……いま大丈夫？』

「ええ、どうしたんですか？」

『あのね、孝平から今日はお仕事早く終わるって聞いたんだけど、まだ忙《いそが》しいかしら？』

「いえ、もう上がりました」

『よかったら、うちにご飯食べに帰ってこない？　湊くんの好きな肉じゃがなんだけど。たまには一緒《いっしょ》に食事しましょうよ』

「わざわざありがとうございます」

きっと、孝平は湊が人の好《い》い義母の誘《さそ》いを断りきれないと知っていて、早く仕事が上がると教えたのだろう。

厚意で誘ってくれているのに、もう食事をしているとは云《い》いづらい。どう答えるべきか迷っていたら、向こうから気遣《きづか》われてしまった。

『もしかして、いまお食事中？』

「い、いえ、ちょうど帰宅するところです。ご迷惑でなければこれから伺《うかが》わせていただきます」

『迷惑だなんて、ここはあなたの家でもあるんだから。遠慮してないで帰ってらっしゃい。作り置きのお総菜も用意してあるのよ。じゃあ、待ってるわね』

通話を切って、深々とため息をつく。義母の誘いを断れなかったということは、この席を辞さなくてはならないということだ。

料理にも箸《はし》をつけたばかりだというのに、高杉には本当に申し訳ない。

「どうした？」

「すみません、高杉さん。義母が実家で食事を用意して待ってるというので、お先に失礼させて下さい」

躊躇《ためら》いがちに切り出すと、高杉は何もかも見透《みす》かしているかのような皮肉な笑《え》みを浮《う》かべた。

「さては、弟の差し金だな」

「え、ええ、まあ…」

「行けよ。俺のことは気にするな。その代わり、今度埋《う》め合わせしろよ」

高杉はそう云って、なかなか席を立てずにいる湊の後ろめたさを減らしてくれる。

「わかってます。今日は本当にすみません。ご馳走になるのは、今度にします」

湊は高杉に頭を下げて数枚の紙幣《しへい》をテーブルに置き、店をあとにした。

重い足取りで通勤用のマウンテンバイクを漕《こ》ぐ。

いま住んでいるところと実家とは、あまり距離《きょり》が離《はな》れていない。それでもこのところ足が遠《とお》退《の》いていたのは、孝平がいないと間がもたないからだ。

義母のことは好きだし、家族団欒《だんらん》も嫌《きら》いではない。だが、幼い頃《ころ》から亡《な》くなった母の代わりに自分で何でもやってきた湊は、甲斐甲斐《かいがい》しく世話を焼かれることに慣れることができないでいた。

だからこそ、遠慮《えんりょ》なく甘えてくる孝平とは気兼《きが》ねなく『家族』になれたのかもしれない。

「ん？」

信号待ちをしていたら、道路の向こうに孝平の姿が見えた。あちらも湊に気づいたようで、信号が青になっても同じ場所で待っている。

「孝平、これからどこか行くのか？　高校生がこんな時間に外を出歩くのは感心しない」

「何云ってんだよ。湊を迎《むか》えに来たに決まってるだろ」

「お前、わかっててやっただろ」

「何が？」

「惚《とぼ》けんな。義母《かあ》さんが俺に電話かけてくることがわかってて、今日俺が早上がりだってこと

バラしたんだろ」

ぎろりと睨《にら》みつけると、孝平は後ろめたそうに視線を逸《そ》らした。湊の指摘《してき》が的を射ていたということだろう。

「……だって嫌《いや》なんだよ。湊があいつと二人っきりになるの――いてっ」

むくれた顔の孝平を強めに小突《こづ》く。

「だってじゃない！　次こんなことしたら、ただじゃおかないからな」

「…………」

「返事は？」

「……はい……」

渋々《しぶしぶ》頷《うなず》いた孝平の頭を乱暴に撫《な》でてやる。もう怒《おこ》っていないという、二人の間の決まりのようなものだ。

重い空気を引き摺《ず》りたくなくて、叱《しか》りつけていたのとは違うトーンで話を振《ふ》る。

「孝平、お前はもうメシ食ったのか？」

「いや、湊を待ってた」

「アホか、先に食ってろよ。腹減ってんだろ？」

「別に。湊に会えただけでお腹《なか》いっぱいだし」

あくまで真面目《まじめ》な顔で云う孝平に、思わず笑う。こういう女の子が喜びそうな台詞《せりふ》は、イギリスで覚えてきたのだろうか。

「バーカ、笑えねぇよ」

「冗談《じょうだん》じゃないのに……」

孝平が何かぼやいたようだったが、よく聞こえなかった。

「何か云ったか？」

「別に！　あ、そうだ。最近、この近くで痴漢《ちかん》が出るらしいって母さんが云ってたから気をつけろよ」

「お前までそういうことを……」

この見た目のせいなのかもしれないけれど、弟にまでそんな心配をされる自分が情けない。

「までってどういうことだよ」

「どうでもいいだろ、そんなこと。云っておくが、俺は警官なんだぞ。そういう犯人を捕《つか》まえるために、普段《ふだん》から鍛《きた》えてるんだからな」

痴漢ごときに負けるようでは、警察官など勤まらない。

「そうだったな、湊は俺のヒーローだもんな」

「……っ、何云ってんだか」

「覚えてる？　小さい頃、イジメられてた俺を助けてくれたこと。迷子になったときも、一番初めに見つけてくれるのは湊だったんだよな。あと――」

「そんな昔のことは忘れた。ほら、こんなとこで立ち話してないで帰ろうぜ」

湊はマウンテンバイクを押して歩き出す。本当は鮮明《せんめい》に覚えているけれど、思い出として語るには気恥《きは》ずかしい。それが警察官を目指した理由の一つでもあるからだ。

頼《たよ》りにされることの誇《ほこ》らしさと責任感の重さ。いつしか、誰《だれ》かの助けになる仕事をしたいと思うようになった。

「そうだ。痴漢のことだけど、犯人の特徴《とくちょう》とか学校で噂《うわさ》になったりしてないか？」

塾《じゅく》帰りの女子高生が通りすがりに体を触《さわ》られたという話もある。学生のほうが詳細《しょうさい》な情報を持っているかもしれない。

「明日女子に聞いてみようか？　もしかしたら、警察が知らない情報があるかもしれないし」

「そうしてくれると助かる。早く犯人を捕まえてやりたいからな」

犯人逮捕《たいほ》への決意を新たにしていると、横から孝平がTシャツの裾《すそ》を引っ張ってきた。

「なあ」

「ん？　何だ？」

「仕事熱心なのもいいけどさ、昼間の約束忘れてないよな？」

「約束？」

首を傾《かし》げると、孝平はむっとした表情になった。

「今度の休みに好きなとこ連れてってくれるって云っただろ」

「あー…そんなことも云ったっけか……」

気のない態度で応《こた》えると、孝平は苛立《いらだ》った様子で声を荒《あら》らげた。

「湊！」

「冗談だよ、覚えてるって」

孝平の必死さに笑いを誘われる。こうやってムキになるところは、まだまだ子供で安心する。

「来週の土曜は非番だから、その日ならつき合えるよ。で、どこに行きたいんだ？　週末だからどこ行っても混《こ》んでるだろうな」

休日の人込《ひとご》みを想像すると、うんざりしてしまう。混んでいる繁華街《はんかがい》を歩くのは勤務中だけで充分《じゅうぶん》だ。

「平気だよ、そんなに人が来ないところだし」

「だから、どこ行きたいんだよ」

「当日まで内緒《ないしょ》」

「はあ？　何もったいつけてんだよ」

「いいじゃん、行ってからのお楽しみ。ほら、急ごうぜ。母さんが待ってる」

孝平は話を一方的に打ち切ると、湊からマウンテンバイクを奪《うば》って早足で先に行ってしまう。

湊はやれやれと肩《かた》を竦《すく》め、孝平のあとを追いかけた。

3

シャッと勢いよくカーテンが開けられる音と共に、室内に刺《さ》すような日差しが注ぎ込んできた。眩《まぶ》しさに目を眇《すが》め、布団《ふとん》の中に潜《もぐ》り込むと、元気いっぱいの孝平の声が聞こえてきた。

「おはよう、湊。今日はすげーいい天気だぜ」

「……非番の日くらい、ゆっくり寝《ね》かせろ……」

「忘れたのかよ。今日は一緒《いっしょ》に出かける約束だろ？」

布団を被《かぶ》り直して背中を向けると、乱暴に体を揺《ゆ》すられる。それでも起きる気になれず、体を丸める。

「もうちょっとだけ……」

「添《そ》い寝してもいいなら、寝ててもいいけど？」

「起きる」

耳元での囁《ささや》きに、湊はむくりと体を起こした。孝平を横に寝せたりしたら、何をしてくるかわからない。

「……何か傷つくなぁ……」

ベッドの脇《わき》に屈《かが》んでいた孝平は、がっくりと肩を落として顔をシーツに伏《ふ》せる。湊はその頭をコツンと叩《たた》き、布団から抜《ぬ》け出した。

「おら、拗《す》ねてないでコーヒー淹《い》れてこい」

「はいはい」

洗面所で顔を洗い、手早く着替《きが》えをすませた頃《ころ》にはミルクのたっぷり入ったカフェオレが用意されていた。

「コーヒーって云《い》っただろ」

「カッコつけんなよ。本当は甘いのが好きなくせに。あ、そうだ。母さんに朝飯持たされたんだけど食う？」

「……食う」

小さく頷《うなず》くと、ローテーブルにおにぎりとおかずが数品並べられる。味噌汁《みそしる》までポットに入れて持ってきたらしく、湯気の立つお椀《わん》まで用意された。

孝平はやけに楽しそうに、せっせと湊の世話を焼く。こういうマメなところは相変わらずのようだ。甲斐甲斐《かいがい》しいところは母親似なのだろう。

「多目に持たされたから、残りは冷蔵庫入れとくな」

「……つーか、何で俺の部屋にいるんだ？　鍵《かぎ》かかってただろ」

「母さんから合い鍵借りた。そんなことより冷める前に飲めよ。砂糖の量、ばっちりだろ？」

「………」

促《うなが》されるままにカップに口をつける。孝平が淹れてくれたカフェオレはミルクの量も砂糖の量も湊の好みにぴったりで、それが少し腹立たしい。

「そういえば、あっちでは授業に遅刻《ちこく》したり課題忘れたりすると、一週間砂糖使用禁止とかデザート禁止とかって罰《ばつ》があってさ。そんなに甘いもの好きじゃなかったはずなのに、禁止って云われると辛《つら》かったな」

「育ち盛りには痛い罰だな。ていうかお前、そんなに遅刻したり課題忘れたりしてたのか？」

「遅刻一回だけだって。クラスのやつにつき合わされて夜更《よふ》かししたら、みんなで寝坊《ねぼう》した」

「バカだな。でも、楽しくやってたみたいでよかったよ」

「うん。みんなよくしてくれてたし、楽しかった」

「そっか……」

孝平と離《はな》れていて辛かったのは、むしろ湊のほうかもしれない。

言葉もよく通じないところに一人で行き、違《ちが》う文化の中で生活することになった孝平のことを毎日案じていた。

イジメられていないだろうか？　食事はちゃんと摂《と》っているだろうか？　体調を崩《くず》してはいないだろうか？

ふと気づくと、そんなことばかり考えていた。何度も電話をかけようかと思ったけれど、孝平からかけてくるまでは我慢《がまん》しようと決め、ぐっと耐《た》えてきた。

本音を云えば会いたくて堪《たま》らなかったけれど、留学を強く勧《すす》めた手前、自分が泣き言を云うわけにはいかなかった。

長期休暇《きゅうか》のときも孝平は帰国を選ばず、寮《りょう》での勉強を選んだ。そのとき、両親は休みを取ってイギリスまで孝平に会いに行ったけれど、湊は一人日本に残った。

警察学校に通っている時期だったからというのが大きな理由だけれど、孝平の顔を見たら両親の前でも泣いてしまいそうだったから、断る云い訳ができてほっとしたのも事実だ。

「長い休みが取れるようになったら、二人でイギリス行こうぜ。学校とか寮とか、湊を案内したいところがいっぱいあるんだ。通訳は俺がしてやるからさ」

「そりゃ頼《たの》もしいな」

日本語のないところで二年も暮らしていたのだから、英語が話せるようになっていて当然なのだが、孝平が英語を話しているところは想像がつかない。

(二人で旅行か……本当に行ければいいけど)

海外旅行にはさして興味はないが、孝平が生活していたところは見てみたい。どんなところで、どんな友人と過ごしていたのか興味がある。

「そういや、湊も寮に入ってなかったっけ？」

「老朽化《ろうきゅうか》で水回りがダメになったから、いま改装してるんだよ。それで部屋数が足りなくなったんで、何人か寮を出ることになったんだ」

先輩《せんぱい》を差し置いて寮を出られるようになった理由は、孝平には云わないほうがいいだろう。湊と一緒に風呂《ふろ》に入ると後ろめたい気持ちになると、同僚《どうりょう》が上司に訴《うった》えていたことを知ったら、孝平ならキレかねない。

「へえ、そうだったんだ。まあ、俺としてはこのほうが安心だけど」

「安心？」

「湊がいたところって風呂とか共同だったんだろ？　下心持ってるやつがいたら、何されるかわかったもんじゃないからな」

「な、何云ってんだ。そんなことあるわけないだろ」

孝平の言葉にぎくりとしたのは、本当は否定しきれない部分があるからだ。

「そうやって無自覚だから、俺が心配してんだろ。セクハラとかされてないだろうな？」

「うん？　ない……と思うけど……」

元々、ボディタッチの多い職場ではあるため、いちいち気にしていたら仕事にならない。

とは云え、自分に対する手つきにいやらしさを感じることもないとは断定しきれない。もしかしたら、あの中にはよからぬことを考えている人物もいたかもしれない。

「ヘンなことされそうになったら、絶対俺に云えよ」

心配してくれるのは嬉《うれ》しいけれど、守ってもらうつもりは毛頭ない。孝平を安心させるために、その不安を笑い飛ばした。

「お前は心配症《しんぱいしょう》なんだよ。普通《ふつう》、兄貴のことなんてそんなに気にしないだろ」

「好きな人の心配なら、誰《だれ》だってするだろう」

「……ッ」

意識して避《さ》けていた話題になってしまい、しまったと歯嚙《はが》みする。

（墓穴掘《ぼけつほ》った……）

まさか、こんなふうに攻撃《こうげき》を食《く》らうとは思いもしなかった。気苦労からか、孝平に好きだと云われると胸のあたりが苦しくなるのだ。

「独占欲《どくせんよく》もあるのかもしれないけど、俺は湊が辛い目に遭《あ》うのは嫌《いや》だ」

「わかった、わかった。何かあったらお前に相談するから」

これ以上、この話をしているのは危険すぎる。また口説《くど》き文句と共に迫《せま》られたら厄介《やっかい》なため、わざとらしいとは思ったが話題を変える。

「お、もうこんな時間か。出かける仕度《したく》しないとな」

「俺はもう準備万端《ばんたん》なんだけど」

話を逸《そ》らしたことが気に食わなかったのか、むっとした表情で一瞥《いちべつ》される。

（どうして俺のほうが気を遣《つか》ってるんだ…？）

釈然《しゃくぜん》としない気持ちになりながらも、残りの朝食をかき込んだ。

着いてからのお楽しみ——そう云われて連れてこられたのは、公立図書館の傍《そば》にある古びたコンクリートの建物だった。

「プラネタリウム…？　本当にこんなところでよかったのか？」

「懐《なつ》かしいだろ？　昔、二人でよく来たよな」

この蔦《つた》の絡《から》まった小さな建物は、プラネタリウムが併設《へいせつ》された博物館だ。子供向けの展示が主で、以前は親子を対象にしたイベントをよく開いていた。

近くの公園には親子連れの姿が見られるのに、ここだけは魔法《まほう》がかけられて彼らから見えなくなっているみたいにひっそりと佇《たたず》んでいる。

「ずいぶん古くなってるな」

「当たり前だろ。あの頃からかなり経《た》ってるんだから」

あれは両親が再婚《さいこん》した年の夏のことだ。

父親にキャンプに連れていってもらう予定だったのだが、仕事の都合でキャンセルになってしまった。

湊は仕事なら仕方ないと納得《なっとく》できる歳だったけれど、孝平はみんなで星を見ようと約束していたのにと臍《へそ》を曲げた。

そのとき、がっかりしている孝平が可哀想《かわいそう》になり、プラネタリウムに連れていってやったのだ。キャンプは無理でも、星空くらいは見せてやりたいと思って。

『流れ星見に行こう。次こそキャンプに行けますようにってお願いしに』

プラネタリウムのプログラムの最後ではいつも、流れ星をたくさん流してくれていた。人工のもので効果があるのかはわからなかったが、幼い孝平が一生懸命《けんめい》祈《いの》っていたことはよく覚えている。

いま思えば、あれが二人で出かけた初めてのことだった気がする。あれから孝平はこのプラネタリウムが気に入り、プログラムが変わるたびに二人で足を運んだ。

湊が高校に上がり、忙《いそが》しくなってきた頃《ころ》から行かなくなってしまったけれど、もしかして孝平は一人でも来ていたのだろうか。

「しかし、全然人がいないな。前はもっと混《こ》んでなかったか？」

「いまの子には退屈《たいくつ》なんじゃないの？　利用者が減ってきてるから、もうすぐ閉館になるんだってさ」

「えっ、閉館⁉」

きっと、入場者が減ったことで、赤字が膨《ふく》らんでしまったのだろう。税金で運営している以上、仕方のないことだけれど、こういった施設《しせつ》がなくなってしまうのはやはり淋《さび》しい。

「だから、その前にもう一度、湊と一緒《いっしょ》に来たかったんだ。閉まる前に帰ってこられてよかった」

「孝平……」

「ちょっと待ってて。入場券買ってくるから」

「いいよ、それは俺が出すって」

孝平を呼び止めて自分の財布《さいふ》を出そうとしたら、手で制された。

「今日はデートだから俺が出す」

「で、デートってお前なぁ…っ」

孝平は湊が慌《あわ》てている隙《すき》に窓口に行ってしまう。そして、すぐに半券とプログラムを手に、嬉しそうな顔で戻《もど》ってきた。

「席に着いたらすぐ始めてくれるって。行こう」

「こら、手を離《はな》せ！」

「大丈夫《だいじょうぶ》、誰も見てないから」

小声で文句を云《い》ったけれど、軽くいなされてしまった。

事実、自分たち以外の客は一人もいない。ムキになって振《ふ》り払《はら》うのも大人げないと思い、諦《あきら》めて孝平の好きにさせることにした。

足を踏《ふ》み入れた場内は記憶《きおく》にあるよりも少し狭《せま》い気がした。きっと、そのぶん自分が成長したのだろう。座席はあちこちがすり切れ、修繕されているところもたくさんある。

「マジで貸し切り状態だな……。あ、いつもの席でいいよな？」

「ああ」

そういえば、いつも決まって座る席があった。とくによく見えるというわけではないけれど、孝平のお気に入りの席なのだ。

「この椅子《いす》ってこんなに小さかったっけ？」

「俺たちが大きくなったんだろ」

腰《こし》を下ろしてみると、昔は大きかった背もたれもいささか足りないくらいだ。足を伸《の》ばす場所も狭く、ずいぶんと窮屈《きゅうくつ》だった。

（あれから十年以上経ってるんだもんな……）

出逢《であ》った頃の孝平は同じ年頃《としごろ》の子よりも小さくて、まるで女の子のようだった。義母の後ろに隠《かく》れ、小動物のようにおどおどしていたことをよく覚えている。

（隣《となり》の家の子犬とそっくりだなって思ったっけ）

屈《かが》んで同じ目線になり、そっと手を差し出すとおずおずと湊の指を摑《つか》んできた。距離《きより》を縮めてくれたことが嬉しくて口元を綻《ほころ》ばせると、孝平も同じようににこりと笑った。

顔を合わせるまで「いまさら兄弟なんて面倒《めんどう》くさい」と思ってたけれど、その瞬間《しゅんかん》、そんな気持ちは消し飛んでしまった。

これからこの子の兄となるのだという実感が、湊の心を昂揚《こうよう》させた。

おにいちゃん、おにいちゃんと云いながらついてくる様子が可愛《かわい》くて、友達と遊ぶことなどそっちのけで、孝平の面倒ばかり見ていた気がする。

学校が終わるとまっすぐ幼稚園《ようちえん》に孝平を迎《むか》えに行き、日曜日も丸一日一緒に過ごして——我ながら、よく飽《あ》きなかったなと思う。

「湊、夏の星座って覚えてる？」

「もう全然覚えてないな。夏の大三角くらいなら見つけられるだろうけど」

それ以前に夜空を見上げることが減っている。仕事でくたくたになって帰るときは、上を向く余裕《よゆう》などない。

「本物の空で白鳥座を見つけられたとき、すげー嬉《うれ》しかったっけ」

数えきれないほどの星が瞬《また》く空で星同士を結びつけていくのは、案外難しい。星見表と照らし合わせながらようやく見つけられた星座の大きさに驚《おどろ》かされたことをよく覚えている。

「たしか、流星群が見られたときも興奮して寝《ね》つけなかったんだよな」

「あれは願いごとを三回唱えられたから嬉しかったんだよ」

「願いごとなんかしてたのか？　で、それは叶《かな》ったのか？」

「まだわからない」

「まだって、お前どんなこと願ったんだよ」

「内緒《ないしょ》。願いごとは口にしたら叶わないって云うだろ。あ、ほら、始まるぜ」

ブザーの音が鳴り響《ひび》き、プログラム開始のアナウンスが流れ出すと共に場内が暗くなる。当時は、この瞬間が一番わくわくした。

二人きりの暗闇《くらやみ》で、孝平は肘《ひじ》掛けに置いていた湊の手を握《にぎ》ってきた。

「……っ」

咄嗟《とっさ》に振り払おうとした湊の手を、孝平はさらに強く握りしめてくる。非難の眼差《まなざ》しを向けると、孝平は素早《すばや》く湊の唇《くちびる》を奪《うば》ってきた。

その柔《やわ》らかな感触《かんしょく》は、きっかり五秒後に離れていった。

「おま……っ」

「大丈夫、スタッフにだって暗くて見えてないよ」

「そういう問題じゃない！」

小声で憤《いきどお》る湊の唇を人差し指で封《ふう》じ、そっと告げてくる。

「湊は気の迷いって思ってるかもしれないけど、俺は本気だからな」

「——!!」

「この気持ちがいまだけのものなのか、そうじゃないのか——それを確認《かくにん》するために、二年間も湊と離れてたんだから」

「孝平…お前……」

「男同士だってことも、兄弟だってことも大きな障害かもしれない。だけど俺は、それでも湊が好きだから。頼《たの》むから、ごまかしたり逃《に》げたりすんなよ。建前とか世間体《せけんてい》とかなしに湊が考えて出した答えなら、ちゃんと受け止めるからさ」

「…………」

湊が考えている以上に、孝平は悩《なや》んだのだろう。

甘えっ子で淋《さび》しがり屋だった孝平が二年もの留学に行くことを決めたのは、一人で自分と向き合うためでもあったのかもしれない。

濃紺《のうこん》の夜空に浮《う》かぶ夏の星座はいまも昔も変わりはないのに、その表情にはもう子供の頃のあどけなさなど、どこにも見当たらなかった。

いったい、いつの間にこんなに大きくなったんだろう。知らない男の顔をして人工の夜空を見上げている孝平の横顔に、何だか胸の奥が締《し》めつけられるようだった。

4

「ふあ……」

装備を確認しながら大きな欠伸《あくび》をすると、原田に見咎《みとが》められた。ばっちり目が合ってしまい、気まずく笑う。

「どうした？　寝不足《ねぶそく》か？」

「ちょっと昨日寝つけなくて」

「熱帯夜続きだもんな。夏バテには気をつけろよ」

昨夜、あまりよく寝つけなかったのは、孝平の云った言葉を考えざるを得なかったからだ。真面目《まじめ》に考えているからこそ、孝平の気持ちを受け入れられないということがわからないのだろうか。

でも、自分の気持ちを突《つ》き詰《つ》めるのは何となく怖《こわ》い。まだ、正面から向き合う勇気は持てなかった。

孝平には一度きちんと云い聞かせておかなければ。いつまでも中途半端《ちゅうとはんぱ》にしておくわけにはいかない。どうしたら孝平に諦めさせることができるのだろう。

（いっそ、俺が恋人《こいびと》を作ったほうがいいんだろうか？）

しかし、そのために誰《だれ》かと交際するというのも虚《むな》しい。

「そういや、今日はお前の弟は来なかったな」

「昨日一日つき合ってやったから、今日は来るなって云《い》っておいたんですよ」

「珍《めずら》しいよな、高校生にもなってお兄ちゃんっ子って」

「ウチはずっと両親が共働きだったんで、あいつは俺が育てたようなもんですから」

親代わりのようなものだからと云い訳をすると、原田の肩《かた》が落ちた。

「けど、仲よくて羨《うらや》ましいよ。ウチの娘《むすめ》はもう手を繋《つな》いでくれなくなったもんな……」

原田には小学生の娘がいるが、そろそろ年頃なのだろう。上手《うま》い慰《なぐさ》めの言葉が見つからず、困ってしまう。

「そういうのも思春期だけですよ、きっと」

「そうだといいんだがなぁ。お、もうこんな時間か。そろそろ行ったほうがいいんじゃないのか？」

「本当だ。じゃあ、行ってきます」

本来なら勤務交代の時間だが、今夜はこのあと公園で張り込みをすることになっていた。再度、装備の確認をする。

「気をつけろよ。犯人を見つけたらすぐ応援《おうえん》呼ぶんだぞ。痴漢《ちかん》って云っても、何を持ってるかわからないんだからな」

「わかってます」

件《くだん》の痴漢事件だが、孝平の手助けでいくらか犯人の特徴《とくちょう》がわかってきた。

孝平に学校の同級生に事情を話して訊《たず》ねてもらったのだが、そのお陰《かげ》でいくつか有力と思われる情報を得ることができた。女子高生のネットワークは侮《あなど》れない。

その犯人と同一人物という確証はないけれど、この真夏に黒っぽいトレンチコートを着て、公園の植え込みなどの物陰に潜《ひそ》んでいる怪《あや》しい人物の目撃《もくげき》情報が多かった。

初めは大きなゴミ袋《ぶくろ》のようなものが置いてあるのかと思ったら、通りすぎた直後に後ろから突然《とつぜん》体を触《さわ》られたり、抱《だ》きついてこられたりしたようだ。

一番の収穫《しゅうかく》は、抱きつかれた一人が腕《うで》に噛《か》みついて逃《のが》れたという話を聞けたことだ。いまならまだその噛み跡《あと》が腕に残っているかもしれない。そうしたら、犯人だと特定することができる。

「もっと人手を割《さ》ければいいんだがな」

「仕方ないですよ、人材不足なんですから」

警察は被害届《ひがいとどけ》の出ていない親告罪の事件に対しては、基本的に積極的に関《かか》わろうとしない。捕《つか》まえても起訴《きそ》に持ち込めないことが多いからだ。

だが、そうやって後手に回ってしまうことは、現場の人間にとっては歯痒《はがゆ》いものだ。だからこそ、湊たちは残業という形でパトロールの回数を増やしたりして、住人が少しでも安心して暮らせるよう尽力《じんりょく》している。

今夜の張り込みは、公園の掃除《そうじ》用具などを置いている物置の中に潜むことにした。制服を着て立っていると目立ってしまうため、犯人も警戒《けいかい》して現れなくなってしまいかねない。

パトロール用の自転車にも乗らずに、徒歩で公園へと向かう。張り込みに気づかれるきっかけになりそうなものは、できる限り減らしておきたかったからだ。

「ずいぶん見通し悪いな。もっと枝を落としてもらわないと」

日中は気持ちのいい木陰《こかげ》になる公園脇《わき》の遊歩道は、いまや薄暗《うすぐら》く、誰が隠《かく》れていてもわからない。街灯もあるけれど、木の枝が邪魔《じゃま》をして明かりを遮《さえぎ》ってしまっていた。

犯人がよく目撃されるのは午後九時から十二時とのことだ。もしかしたら、普段《ふだん》は何食わぬ顔で会社勤めをしているのかもしれない。

周囲を見回し、人気《ひとけ》がないことを確認する。張り込みで潜む瞬間《しゅんかん》を目撃されてしまったら元も子もない。

自治会長に理由を話して借りてきた鍵《かぎ》を使って物置のドアを開けていたら、背後に人の気配を感じた。肩を摑《つか》んできた手を取り、反射的に体を反転させて捻《ひね》り上げる。

「いたたたたっ、湊！　俺だよ、俺だって！」

「孝平⁉　何でお前がこんなとこに……っ」

「一緒《いっしょ》に張り込みしようと思って」

「バカ云うな、さっさと帰れ！」

「でも、一人でいるのは暇《ひま》だろ？」

「暇とかの問題じゃない。これは公務だ」

当然、張り込みが楽しいわけはない。遊びで来ているわけではないのだから、ふざけたことを云わないでもらいたい。

「大声出すとバレるって。誰かに見つかる前に中に入らないと」

「お、おい…っ」

物置の中に押し込まれ、孝平も続いて入ってくる。自治会長が片づけておいてくれたらしく、用具は片づけられ、張り込みをするのに充分《じゅうぶん》なスペースが確保してあった。

「これは遊びじゃないんだぞ！」

「湊、声が大きい」

「むぐっ」

孝平に手で口を塞《ふさ》がれる。

「大声出すと、ここにいることがバレるだろ」

「……っ」

外を覗《のぞ》くと顔見知りの主婦が、犬の散歩をしているところだった。物音に怪訝《けげん》な顔をしていたけれど、すぐにいなくなる。

「あんまりくっつくなよ。ヘンなことしたら逮捕《たいほ》するからな」

「湊にならら逮捕されてもいい」

「アホなこと云ってると叩《たた》き出すぞ」

結局、二人で見張ることになってしまった。扉《とびら》の隙間《すきま》から外を覗かなくてはならないため、体を重ねるような体勢になる。

「もう少し離《はな》れろよ」

「離れたら、外が見えないだろ」

体を密着させていたせいで、腰《こし》の奥がもやもやしてきた。自分の体の変化に動揺《どうよう》するが、そんな気持ちに拘《かか》わらず、どんどん下腹部が熱くなっていく。

(まずいって…!)

これが孝平にバレたら、どうなるか目に見えている。腰が触《ふ》れないよう、体をずらそうとしたけれど、逆に不審《ふしん》に思われてしまった。

「湊?」

「な、何でもない…っ」

「別に何も訊《き》いてないけど——あ。」

「……っ」

狼狽《うろた》えて体のバランスを崩《くず》した弾《はず》みに、抱《だ》き寄せられる。そのせいで、腰が孝平の足に押しつけられてしまった。

「どうすんの、これ？」

「バカ、触るな…っ。放っておけばどうにかなる」

「何にもしてないのにこんなになるって、禁欲《きんよく》しすぎなんじゃないの？」

「そういうことを云うな！」

「俺が抜《ぬ》いてやろうか。このままじゃ張り込みにも集中できないだろ？」

そう云って、孝平は湊の足下《あしもと》に屈《かが》みウエストを緩《ゆる》めてきた。

「何する気だよ!?」

「そんなこと訊かないでもわかってんだろ」

ベルトの留め金が外され、フロント部分を緩められる。軽く押し下げた下着から昂《たか》ぶりかけた欲望《よくぼう》を取り出された。

「やめ…っ」

「大丈夫《だいじょうぶ》だよ、すぐすむって。外に聞こえるから声立てんなよ」

「無茶《むちゃ》云うな…っん！」

先端《せんたん》を舐《な》められ、思わず声が出そうになる。咄嗟《とっさ》に手で口を塞いだけれど、喉《のど》の奥から押し出されるくぐもった声までは抑《おさ》えきれなかった。

「ぅん、ん……ッ、も、やめ、本気で怒《おこ》るぞ…！」

「すげー硬《かた》くなった。感じてるってことだよな?」

「うるさ……っあ、んん…っ」

孝平は根本の膨《ふく》らみを指で刺激《しげき》しながら、屹立《きつりつ》の裏側を舐め上げる。自身に絡《から》みつく生暖かくねっとりとした感触《かんしょく》に、頭の中の神経が焼き切れそうになる。

あまりの気持ちよさに拒《こば》むこともできず、声を我慢《がまん》するだけで精一杯《せいいっぱい》だった。

「う…く……」

舌が這《は》わされているところから溶《と》けていってしまいそうな錯覚《さっかく》を覚える。孝平は躊躇《ためら》いもなく口に含《ふく》み、唇《くちびる》の裏で括《くび》れた部分を締《し》めつけた。

音を立てて舐めしゃぶられると、一層感覚が高められる。

「……っ、も…やばい……っ」

「いいよ、このまま出して。制服汚《よご》せないもんな」

孝平の頭を押し退《の》けようとしたけれど、より深く飲み込まれる。締めつけてくる唇に表面を擦《こす》られ、限界近くまで追い上げられる。

声を抑えるために口元に手の甲《こう》を強く押し当てる。それでも堪《こら》えられなくて、指を噛んだ。尖《とが》らせた舌先で先端の窪《くぼ》みを抉《えぐ》られた瞬間、堪えきれずに達してしまった。

「んん、んぅ…っ」

湊はガクガクと膝《ひざ》を震《ふる》わせながら、欲望を吐《は》き出した。孝平は口腔《こうこう》で受け止めたものを喉を

鳴らして飲み下し、残滓《ざんし》すら啜《すす》ろうと吸い上げてくる。

「ぅあ……っ」

ようやく自身が解放されたけれど、足に力が入らなくなり、その場に立っていられなくなってしまった。

ずるずるとその場にへたり込み、唇についた汚れを舌で拭《ぬぐ》っている孝平を睨《ね》めつける。

「お前なぁ…！」

「気持ちよくなかった？」

大声を出すわけにはいかないため、潜めた声で諫《いさ》める。

「どこでこんなこと覚えてきたんだ…⁉」

「あっちで経験豊富なやつがいて、色々教えてもらった」

「はあ⁉」

「あ、もちろん口頭でだけど。ちょっと妬《や》いた？」

「誰《だれ》が妬くか！」

力いっぱい否定しつつも、少しほっとしている自分がいることに気づく。

(何でほっとしてるんだ、俺は！)

留学先で乱れた生活を送っていなかったことに安心しているだけで、相手に妬いたわけではないはずだ。そう自分に云《い》い聞かせていたら、孝平は膝をついたまま腰を寄せてきた。

「わ、バカ、何する気だよ…っ」

孝平は自分の昂ぶりを引き出し、湊にそれを握《にぎ》らせてくる。

「ごめん、ちょっとだけ手伝って。触《さわ》っててくれるだけでいいから」

「そんなの自分でどうにかしろ！」

孝平のそれはすでにガチガチに張り詰《つ》めていて、相当辛《つら》そうな状態だった。手の平から伝わる感触に同情しそうになるけれど、手伝ってやる義理はない。

「湊のもまだ熱いじゃん。一緒《いっしょ》にすれば手っ取り早いだろ」

自身に再び指を絡められ、息を呑《の》む。孝平は湊が怯《ひる》んだその隙《すき》に二人分のそれを一纏《ひとまと》めにしてきた。

「ちょっ……」

「静かに。外に聞こえるって云っただろ」

孝平は湊の手の上に手を添《そ》え、まとめて握り込む形で上下に動かし始める。完全に拒むタイミングを逃《のが》してしまった。

「はっ…ぁ……」

触れているのは自分の指なのに、動きの予想がつかないことが湊を戸惑《とまど》わせる。ぴったりと触れている孝平の欲望の熱さにも煽《あお》られる。

（ああもう…っ）

眉根《まゆね》を寄せて吐息《といき》を零《こぼ》す孝平の表情に煽られ、つい絡めた指を動かしてしまう。

「湊……？」

「いいから、さっさとイッちまえ」

こうなってしまえば、お互《たが》いに果てるまでやめられない。それならば、さっさと終わらせてしまったほうがいいと諦《あきら》めたのだ。

もう一方の手も添え、じんじんと疼《うず》く欲望を高めていく。狭《せま》い空間では二人の荒《あら》い吐息さえ、やけに響《ひび》いて聞こえる。

「湊、もう出そう」

「俺も……っ、ん、あ、あ…っ」

両手が塞《ふさ》がっているため口を塞ぐことができない。

（どうしよう、声が——）

外に人気《ひとけ》は感じないが、声を出すわけにはいかない。必死に唇を噛《か》みしめていると、孝平が口づけてきた。

「ン、んん、ん……ッ」

条件反射でキスに応《こた》えてしまう。舌が絡むと同時に追い上げる手の動きが速くなり、感覚はさらに追い詰められていった。

「ん、う——」

ぐりっと先端を指の腹で擦られた弾みで、熱いものが溢《あふ》れ出る。一緒に孝平も達したようで、喉の奥で小さく呻《うめ》くのが聞こえた。

「は……っ、ん、こら、しつこい……っ」

「もうちょっとくらい、いいだろ？」

口づけはすぐに解《ほど》けたけれど、孝平は名残惜《なごりお》しそうに唇を啄《ついば》んでくる。このまま好きにさせていたら、最後までしたいとも云い出しかねない。

湊はわざとどろどろに汚れた手で孝平の胸を押し返す。

「孝平、もう終わりだ」

「何だ、残念」

そう云いながらもがっかりしている様子がないのは、湊がやめろと云うのがわかっていたからだろう。

孝平は下肢《かし》の汚れを拭い、乱れた服を整えてくれる。その甲斐甲斐《かいがい》しい様子にも、いまは苛《いら》ついてしまう。簡単に流されてしまう自分の意志の弱さにも腹が立った。

（仕事中だって云うのに……）

しばらく自己嫌悪《けんお》で立ち直れなさそうだ。

「いいか、こういうのは今日が特別だからな！」

「わかってるって」

躊躇いのない返事をどこまで信用していいものか。湊は腹立ち紛《まぎ》れに、孝平の着ているTシャツで指の汚れを拭ってやった。

「ちょっ、いま拭《ふ》いてやるから待てって」

「お前ムカつく」

「うるさい、文句云うな」

慌《あわ》てる孝平の顔に少しだけ溜飲《りゅういん》を下げる。そんな子供っぽい仕返しをする自分も不甲斐なかったが、上機嫌《じょうきげん》なままの孝平を見ているだけで苛々した気持ちが募《つの》っていくのだ。

「えーと、湊、怒《おこ》ってる？」

顔を覗《のぞ》き込んでくる孝平をじろりと睨めつけ、ため息混じりに告げた。

「お前にも、自分にもな」

こんな場所で盛ってしまうなんて、節操がないにもほどがある。

「仕方ないじゃん、生理現象なんだからさ」

「お前が云うな！」

「痛ッ！」

自らの所業を棚《たな》に上げて他人事《ひとごと》のように慰《なぐさ》めてくる孝平に、思いきり頭突《ずつ》きをしてやった。

「いいか？　今度こんなことしたらマジで一生口きかないからな！」

「じゃ、お先に」

「お疲《つか》れ様でした」

先に着替《きが》え終えて更衣《こうい》室を出ていく先輩《せんぱい》を見送る。ドアが閉まると同時に笑《え》みを消し、大きなため息をついた。

「はー……」

今日は結局、最寄《もよ》り駅の終電の時間まで張り込んでいたけれど、犯人らしき人物は現れなかった。成果が出なかったことは残念だが、一日目で犯人逮捕《たいほ》まで至れるわけはない。こうした捜査《そうさ》を地道に続けていくことが大事なのだ。

とは云え、今日の張り込みは、ほとんど仕事にならなかった。快楽に負け、仕事中にあんなことをしてしまうなんて、警察官として意識が低いと云われてもおかしくない。

あのあとは真面目《まじめ》に外の様子を窺《うかが》っていたけれど、緊張感《きんちょう》がないにもほどがある。

（警察官失格だ……）

湊は自責の念に押し潰《つぶ》されそうな気持ちで、深いため息をついた。

先に手を出してきたのは孝平だが、あの場合自分がきちんと諭《さと》さなければならなかった。いくら強引《ごういん》だったと云っても、五歳も下の弟に流されるなんてあってはならないことだ。

「今度、ちゃんと説教しないとな」

どうしたら、云《い》うことを聞いてくれるだろう。悩《なや》みの内容が内容だけに、義母に相談するわけにもいかない。悩めば悩むほど、眉間《みけん》の皺《しわ》が深くなっていく。

いい解決案も思いつかず、疲れを引き摺《ず》りながら着替えていると、更衣室のドアが開いた。

顔を覗かせた高杉は深夜だというのに、着ているスーツに一分の隙もなく、セットされた髪《かみ》に乱れもない。

「よ、湊」

「高杉さん、こんな時間に何してるんですか？」

夜勤のシフトの署員が残っているとは云え、もうすでに日付も変わっている。こんな時間まで残業していたのだろうか。

「いたら悪いか、俺だって忙《いそが》しいんだよ」

「もしかして、徹夜《てつや》ですか？」

労《ねぎら》おうとしたら、問いかけを否定された。

「いや、もう上がり。いつまでも残ってると課長に苦い顔されるからな」

「じゃあ、何しに来たんですか」

「湊がここにいるって聞いたから覗いてみたんだよ。お前こそ今日は早上がりじゃなかったか？」

「さっきまで張り込みしてたんで」

何となく後ろめたくて、脱《ぬ》いだばかりの制服をカバンの中に押し込んだ。何をしていたかなんてバレることはないだろうけれど、気まずさは否《いな》めない。

「例の痴漢《ちかん》を張ってたのか？」

「あ、はい。でも、今日は空振《からぶ》りでした。明日からも交代で張り込みするつもりですから、絶対に捕《つか》まえてやりますよ」

今度こそ、と自分に気合いを入れる。今日のぶんも挽回《ばんかい》しなくては。

「ご苦労さん。でも、ちゃんと人員割《さ》けてんのか？」

「いや、そう簡単にはいきませんよ。勤務のあとに交代でやることにしたんです」

どんなにやる気と熱意があっても、人員不足は否めない。できることなら、もっと署員の数を増やしてもらいたいのだが、予算の都合もあるためそう簡単にはいかないだろう。

「じゃあ、一人なのか。一緒《いっしょ》に張り込んでやろうか？」

「結構です！」

あんな狭いところで高杉と二人きりにはなりたくない。

「そんなにムキになって断らなくてもいいだろう。ま、困ったことがあったら、俺を呼べよ」

「何云ってるんですか。いま、忙しいって云ってたじゃないですか」

「忙しいって云っても、一課ほどじゃないしな」

「またそういうこと云って。そんなに一課に行きたいなら、希望出したらどうですか？」

湊に希望の課に行けない愚痴《ぐち》を云うくらいなら、上司に申請《しんせい》を出すべきだ。もしかしたら、夢が叶《かな》う可能性だってある。

「出してるよ。黙殺《もくさつ》されてるけど」

「まあ、上としては大事な預かりものに傷をつけたくないんでしょうね」

「俺だってわかってるよ。しかし、そんなことストレートに云ってくるのは、お前くらいのもんだぞ」

「仕方ないでしょう。こういう性格なんですから。もう帰りますから、そこどいて下さい」

ノンキャリアの署員たちは高杉のことを一応仲間だと認めてはいるけれど、やはり一線を引いたつき合いをしているようだ。

湊のように学生からのつき合いでなければ、踏《ふ》み込み切れないのだろう。

「俺も帰るとこだから、家まで送っていってやるよ」

「とかいって、ウチに上がり込む気じゃないでしょうね？」

「送り狼《おおかみ》になるつもりなら、自分の家に連れて帰るよ。色々と揃《そろ》ってるしな」

何が揃っているのかと追及《ついきゅう》するとやぶ蛇《へび》になりかねないため、ツッコミを入れるのはやめておいた。

「……高杉さん。いい加減、ちゃんとした恋人《こいびと》を見つけたらどうですか？」

「湊が恋人になってくれるのが一番なんだけど」

冗談《じょうだん》めかした問いかけだが、本気が滲《にじ》んでいることくらい湊にもわかる。

「俺は遠慮《えんりょ》しときます。キャリアで幹部の息子《むすこ》なんて面倒《めんどう》くさい」

理由はそれだけではないけれど、一番そつのない答えを選んだ。男同士の関係が長続きするとは、湊だって思っていない。終わりを覚悟《かくご》したとしても、明確な障害がある相手を選ぼうという甲斐性《かいしょう》はなかった。

「じゃあ、俺が警察やめて勘当《かんどう》されたらつき合ってくれるのか？」

真剣《しんけん》な面持《おもも》ちで訊《き》いてくる高杉に、笑って返す。

「高杉さんにはそんなことできないでしょう？　案外、真面目で親孝行だから」

気持ちを疑っているわけではないけれど、彼の性格を考えたら無理だろう。意外と神経が細やかで、自分のせいで誰《だれ》かが苦しむことは耐《た》えられないに違《ちが》いない。

ふて腐《くさ》れたような顔で黙《だま》り込むあたり、高杉にも自覚はあるのだろう。普段《ふだん》、軽そうな優男《やさおとこ》を気取るのは、そういう本質を隠《かく》したいからかもしれない。

「それじゃあ、お先に失礼します」

「お疲れ。この間の埋《う》め合わせの約束忘れんなよ」

「わかってます。お詫《わ》びに俺が奢《おご》りますよ」

高杉の横をすり抜《ぬ》け、更衣室をあとにする。夜勤の同僚《どうりょう》たちに声をかけつつ外に出ると、携《けい》帯《たい》電話が鳴り響《ひび》いた。きっと、孝平からだろうと高を括《くく》ってメールを開くと、いま別れたばかりの高杉からだった。

『何か悩んでるみたいだけど、誰かに話したくなったら声かけろよ。下心なしで相談に乗ってやるから』

高杉の優しさに胸を打たれる。体の関係を終えたあとも友人としてつき合っていられるのは、彼の性格故《ゆえ》だろう。

「いい男なんだけどな……」

だが、彼を好きになったとしても、いまとは違う悩みが待っているだけだ。誰が相手だとしても、憂《うれ》いのない恋愛《れんあい》などない。

ため息をつきながら久々に見上げた本物の夜空には、月が綺麗《きれい》に浮《う》かんでいた。

5

あの日から、孝平のメールをことごとく無視していた。

次に仕事の邪魔《じゃま》をしたら一生口をきかないと云ってあるため、交番には来なくなったし、気《き》兼《が》ねしているのかマンションのほうにも顔を出さなくなった。

きっと、孝平もそれなりにきまずく思っているのだろう。

(今回こそは甘い顔はしないようにしないと)

メールで謝ってきてはいるが、それだけで許してやる気は毛頭ない。本当に謝罪の気持ちがあるのなら、直接頭を下げにくるべきだ。

ちゃんと声に出さなければ、相手に本当の気持ちは伝わらない。いっそ、このまま考え直してくれればいいのだが。

もちろん、孝平だけが悪いとは思っていない。これは孝平だけでなく、自分自身への戒《いまし》めでもある。

あのとき、ヘンな反応をしてしまった自分が一番悪いのだ。孝平の顔を見てしまったら、厳しい態度を取り続けられるか自信がなかった。

ここでなあなあにすませてしまったら、孝平だって反省しない。仕事とプライベートはきちんとわけなければいけないことを、お互《たが》いに自覚しなければ。

「俺のほうが問題かも……」

あんなことをされても嫌悪《けんお》感や不快感を覚えることなく、罪悪感さえどこか薄《うす》い。ダメだと云《い》っていても拒《こば》めず、怒《おこ》りきれもしないなんて、警察官どころか兄失格だ。

（あいつが弟じゃなかったらよかったのに……）

そうしたら、こんなに悩《なや》むこともなく、ただの恋愛の一つとして処理できただろうし、もっと厳しく突《つ》っぱねることもできたはずだ。

「あいつが相手だと、調子が狂《くる》うんだよな……」

冷たいとか素《そ》っ気ないとか散々云ってきた学生時代の友人たちが、湊が弟に甘い顔を見せていると知ったら、さぞかし驚《おどろ》くに違いない。

もっと自分を律さなければ。気持ちを引き締《し》め、夜勤に行くためマンションを出た湊は入り口の前で所在なく立っていた孝平に目を瞠《みは》った。

「……何してんだ、そんなとこで」

「湊！」

ぱっと嬉《うれ》しそうな顔をした直後、湊が怒っていることを思い出したのか、すぐに眉《まゆ》を垂れる。

その表情の変化に思わず笑いそうになり、慌《あわ》てて口元を引き締める。

「これから夜勤なんだけど」

「あ、いや、母さんからの差し入れ持ってきただけだから」

「用はそれだけ？」

わざと冷ややかに告げると、孝平はぐっと言葉を詰《つ》まらせた。一瞥《いちべつ》し、背中を向けて駐輪《ちゅうりん》場《じょう》へと向かおうとする。

「……こないだはごめん！」

振《ふ》り返ると、孝平が深く頭を下げていた。それでも何も云わずにいると、言葉を探すようにして自分の気持ちを話し始める。

「調子に乗ってた。湊が何しても許してくれるって、甘えてたんだと思う」

このまま黙っていたら、土下座でもしそうな勢いだ。湊としても、これ以上怒った態度を取り続けているのは難しい。

仕方ない、といった体《てい》を装って問いかけた。

「反省してるか？」

「してる！」

孝平はぱっと顔を上げる。まるで、垂れていた耳がピンと立ったかのようなわかりやすい反応に、思わず吹《ふ》き出しそうになってしまった。

「じゃあ、許してやる。ただし、条件がある」

「許してくれるなら、何でもする！」

ぶんぶんと見えない尻尾《しっぽ》を振っているかのようだ。湊はわざとらしく咳払《せきばら》いをし、条件を口にした。

「まず一つ。用もないのに交番に来るのはやめろ。お前には暇《ひま》そうに見えるかもしれないけど、待機だって大事な職務なんだからな」

「わかった」

神妙《しんみょう》に頷《うなず》く孝平に、二つめの条件を告げる。

「無闇《むやみ》に電話もかけてくるな」

「え⁉」

「意味のないメールも厳禁。つーか、携帯ばっか弄《いじ》ってんじゃねぇよ。そんな暇あったら勉強しろ」

「……気をつけます」

孝平は納得《なっとく》しきれないようだったが、睨《にら》みつけてやると大人しく頷いた。そんな素直《すなお》な態度に湊は口元を綻《ほころ》ばせ、ポケットの中を探《さぐ》った。

「ほら、手ぇ出せ」

「何？」

「いいから」

不思議そうにしている孝平を早くと急《せ》かす。そして、広げられた手の平にひやりとした硬《かた》い感触《かんしょく》のものを落とした。

躾《しつけ》には飴《あめ》と鞭《むち》の使い分けが大事だ。云いつけを守らせるには、ご褒美《ほうび》が必要だろう。

「これって……」

孝平はキーホルダーすらついていない銀色の鍵《かぎ》に見入っている。

「ウチの鍵だ。合い鍵欲しけりゃ、自分で作ってこい。それはあとで返せよ」

「ありがとう、湊！　すげー嬉しい！」

外見はずいぶんと大人びたけれど、こうして笑うと昔とちっとも変わらない。孝平は受け取った鍵を大事そうにカバンにしまう。

結局、孝平の喜んだ顔を見ると嬉しくなってしまうあたり、自分は甘いのだろう。湊はこっそりと自嘲《じちょう》の笑《え》みを浮かべる。

「声がでかい。近所迷惑《めいわく》だ」

「ごめん、嬉しくて。あ、そうだ。母さんからの差し入れ。みなさんでどうぞ、だって」

「そんなに気を遣《つか》わなくていいですって云っておいてくれ」

手渡《てわた》されたのは、いつもの重箱だった。義母の差し入れは同僚《どうりょう》に評判がよく、ありがたく思ってはいるのだが、こう度々《たびたび》では過保護にされているようで恥《は》ずかしい。

「自分で云えよ。母さんの趣味《しゅみ》なんだから」

「俺から云えると思うか？　俺が義母《かあ》さんに弱いの知ってるくせに」

これまでも、それとなく伝えようとしたけれど、彼女のほんわりとした笑顔が曇《くも》るのが見たくなくて、切り出せていなかった。

「別にいつまでも猫被《ねこかぶ》ってなくてもいいと思うけど。ホント、家ではカッコつけてるよな」

「うるさい、イメージってもんがあるんだよ。俺はもう行くぞ。お前は寄り道しないでまっすぐ帰れよ」

重箱が入った手提《てさ》げをマウンテンバイクのハンドルにかけ、サドルに跨《また》がる。勤務まではまだ時間に余裕《よゆう》はあるけれど、いつまでものんびりと立ち話をしているわけにもいかない。

ペダルを漕《こ》ぎ出そうとした瞬間《しゅんかん》、Tシャツの裾《すそ》を後ろから引っ張られた。

「途中《とちゅう》まで一緒《いっしょ》に行っていい？」

「どこか行くところでもあるのか？」

「湊と二人で歩きたいだけ。そのくらいいいだろ」

「……好きにしろ」

仕方なくマウンテンバイクから降り、孝平と並んで歩き出した。部屋を出たときには空は薄《うす》紫《むらさき》色をしていたのだが、気がつけばすっかり暗くなっている。

まだ日中は真夏日が続いているけれど、日が落ちるのは早くなってきた。西の空には一番星が輝《かがや》いている。

「昔はこんなふうに湊の頭を見下ろせる日が来るとは思ってなかったな」

「そのうち、また追い越《こ》してやる」

「まだ成長期のつもりなわけ？」

「失礼なこと云うな。ちょっとずつは伸《の》びてるんだからな」

一年に数ミリだけれど、いつかめざましい成長をする可能性は皆無《かいむ》ではない。

「諦《あきら》め悪いなー」

「何だと――」

二人で軽口を叩《たた》き合っていると、どこからかキャーという悲鳴のような声が聞こえてきた。

静かな住宅地には似つかわしくないその声に口を噤《つぐ》んで身構える。

「おい、いま何か聞こえたよな？」

「悲鳴みたいに聞こえたけど……」

「あっちからだったよな？　行くぞ！」

湊は慌ててマウンテンバイクに跨がり、悲鳴が聞こえたほうへと急いだ。すると、公園の近くにある駐車場の車の陰《かげ》に、制服を着た女の子が男に引き摺《ず》り込まれそうになっていた。

まだ汗《あせ》ばむほどの気候だというのに、男は黒っぽいコートを身に纏《まと》っている。その出《い》で立ちは、この辺で出没《しゅつぼつ》している痴漢《ちかん》の目撃《もくげき》情報と酷似《こくじ》していた。

「何してる!?」

「……ッ!!」

「助けて下さい……！」

湊は咄嗟《とっさ》にマウンテンバイクから飛び降り、二人の間へ割って入った。男を引き剝《は》がして、女の子を背中に庇《かば》う。

「もう、大丈夫《だいじょうぶ》だから」

「は、はい……」

怯《おび》えた表情を浮《う》かべて縋《すが》るような眼差《まなざ》しを向けてきた女の子を安心させるために、振り返って声をかけたのだが、犯人はその隙《すき》をついて逃《に》げ出した。

「くそ…ッ」

「あ…っ！」

すぐに確保しておかなかったのは失態だ。すぐに追いかけたかったけれど、被害者《ひがいしゃ》を放っておくのも気がかりで、一瞬《いっしゅん》迷ってしまう。

湊が足を踏《ふ》み出すその前に、追いついてきた孝平が男を追いかけた。

「孝平!?」

「逃げんじゃねぇよ！」

孝平はあっという間に追いつき、足を縺《もつ》れさせながら逃げようとしていた犯人の男に飛びかかって地面に押さえ込む。

「くそっ、放《はな》せ！」

「孝平、よくやった！」

湊は被害者に断りを入れて離れ、前のめりに倒《たお》れた犯人の男の背中に馬乗りになり、腕《うで》を締《し》め上げる。

「放せ…っ、俺は何もしてない！」

「何もしてないなら、逃げる必要なんてないだろ。よし、孝平、放していいぞ。悪いけど、被害者の子についてってあげてくれるか？」

「わかった」

「痛い痛い、逃げないからどいてくれ、頼《たの》むよ…っ――いだだだだ！」

逃げないと云《い》いながら孝平が足を放した途端《とたん》、男が足をバタつかせて暴れ出した。湊はやむなく腕をさらにキツく締め上げる。

「あの子に何するつもりだったんだ」

苦痛の声を上げる男に、冷ややかな調子で問い質《ただ》す。

「だから、何もしてないって！」

「腕を摑《つか》んで車の陰に引き摺り込もうとしてただろう。あれだけでも充分《じゅうぶん》犯罪だ」

男にしてみたら『まだ』何もしていないと云いたいのだろう。しかし、被害者にしてみたら見知らぬ男に腕を摑まれただけでも、かなりの恐怖《きょうふ》を感じたはずだ。

「いや、その、ちょっと出来心で……そう！　魔《ま》が差しただけなんだよ！　もう二度とあんなことしないから、見逃《みのが》してくれよ……」

ごまかしきれないと感じたのか、今度は下手《したて》に出てきた。だが、二度としないという言葉が真実だったとしても、まずは自分の罪を償《つぐな》うべきだ。

「謝ってすむ問題じゃないだろう。これから署に同行してもらう」

「署って、警察⁉」

「そうだよ。見つかった相手が悪かったな。俺はこういう者だ」

憐《あわ》れみを誘《さそ》うような声を出していた男は、湊の示した警察手帳に小さく悲鳴を上げた。そして、さらに必死に抵抗《ていこう》し出す。

「警官⁉ 警察だけは勘弁《かんべん》してくれ、何でもするから……！ 賠償《ばいしょう》金でも何でも払《はら》う‼ 俺には家庭も仕事もあるんだよ…ッ」

「だったら、何であんなことしたんだ。お前、初犯じゃないだろう？」

「そ、そんなこと……」

その動揺《どうよう》は肯定《こうてい》したのと同じだ。いったい、どれほどの余罪を抱《かか》えているのだろう。

「まあ、調べたらわかるしな。大人しく逮捕《たいほ》されとけ」

「くそぉ…ッ、放せっ、放せよ…っ‼ あんな短いスカート穿《は》いてんのは、触《さわ》ってくれって云ってるようなもんだろ⁉」

泣き落としが利《き》かないとわかったら、今度は開き直った。男が捲《まく》し立てる自分勝手な理屈《りくつ》には、どの口で二度としないなどと云ったのかと呆《あき》れるしかない。

「ちっ、往生際《おうじょうぎわ》が悪いな」

「う、ぐっ」

男が激しく抵抗し出したため、湊は首に腕を回し、キツく締め上げて気絶させた。男はガクリと頭を落として大人しくなった。

一時的に意識を失っただけなので、いつ目を覚ますかわからない。念のため拘束《こうそく》しておいたほうがいいだろうと思い、自分のベルトを使って後ろ手に締め上げ出勤前のため、いま手錠《てじょう》は持っていないのだ。

「やれやれ、手間かけさせやがって——あ、もしもし、江北《こうほく》署南町交番勤務の秋枝です。南町二丁目の公園近くで女性に暴行を働こうとしていた男を取り押さえましたので、応援《おうえん》お願いします」

『了解《りょうかい》しました。すぐ手配します』

馬乗りになったまま携帯《けいたい》で一一〇番をし、応援を呼んで一息つく。背格好などが『公園の痴漢』の情報に酷似しているため、同一人物である可能性が高い。追及《ついきゅう》すれば余罪がたくさん出てきそうだ。

このまま道の真ん中にいるわけにもいかないため、邪魔《じゃま》にならないよう公園の入り口まで男を引き摺っていく。車止めのポールに拘束した腕を通し、簡単には逃げられないようにした。

「そうだ」

被害に遭《あ》っていた女の子は大丈夫だろうかと思い出して振《ふ》り返ると、彼女は孝平に慰《なぐさ》められていた。孝平の胸に縋りつき、顔を上げようとしない。

「もう大丈夫だって、山本《やまもと》。だから、泣くなって」

「うん……」

二人のやり取りを見る限り、顔見知りのようだ。着ている制服は孝平の高校のものだから、同級生なのかもしれない。

「孝平、その子知り合いなのか？」

「ああ、ウチのクラスの子。塾《じゅく》の帰りなんだって。ほら、犯人もああして捕《つか》まえたんだから平気だよ」

「うん」

相当、怖《こわ》い思いをしたのだろう。孝平の慰めにか細い声で頷《うなず》いている。

可哀想《かわいそう》にと思う気持ちとうらはらに、いつまでも離れようとしない彼女の様子を見ていると、何故《なぜ》か胸がざわついた。

(何でこんなに気が重いんだ？)

犯人を捕まえられたことは喜ばしいはずなのに、晴れやかな気分とは程遠《ほどとお》い。仕事が忙《いそが》しく、睡眠《すいみん》時間もろくに取れないときはよくこんなふうに苛立《いらだ》つこともあるけれど、最近はそれほど

でもなかったはずなのに。

不安や苛立ちに似たもやもやした気分を無理矢理《むりやり》振り払い、孝平に声をかけた。

「孝平」

「何？」

「俺はこいつを連行しないといけないから、悪いけどその子を交番まで送ってあげてくれるか？　思い出すのも辛《つら》いだろうけど、話を聞かせてもらわないとならないんだ」

「わかった。送り届けたら連絡《れんらく》する」

彼女の隣《となり》に立つ孝平の姿は頼もしく見え、そうしているのが自然なように思えた。いつもは湊に甘えた顔ばかり見せているけれど、孝平ももう一人の男なのだと思い知る。

その瞬間《しゅんかん》、ズキリと胸が痛んだ。

（え……？）

原因を探《さぐ》ろうにもその痛みはすぐに去ってしまい、すでに跡形《あとかた》もなかった。気のせいだろうと自分に云い聞かせ、努めて明るい声を出した。

「あと、俺のチャリを持って帰っておいてくれるか？　義母《かあ》さんに差し入れダメにしちゃってごめんって謝っといて」

差し入れの包みはマウンテンバイクのハンドルにかけておいたため、飛び降りたときに一緒《いっしょ》に地面に倒れてしまった。きっと、中身はぐちゃぐちゃになってしまっているだろう。

もしかしたら、マウンテンバイクも歪《ゆが》んでしまったかもしれない。

「了解。これは代わりに俺が食っとくよ。湊も気をつけろよ」

「おう」

去っていく二人の背中に、何故か寂寥《せきりょう》感が込み上げてくる。胸の中に空いた穴に隙間風《すきまかぜ》が吹《ふ》いているような、味わったことのない感覚に狼狽《うろた》えた。

「何なんだ、これ…？」

ずっと追っていた痴漢《ちかん》を現行犯で逮捕できたのだから、もっと喜んでもいいはずなのに、雨が降る前の空にある雲のような重苦しさが心に渦巻《うずま》いている。

不可解な感情に戸惑《とまど》っていると、やがて遠くからパトカーのサイレンの音が聞こえてきた。

6

「あとは、ここに住所と名前を書いてもらえますか？」

「は、はい」

山本は湊の指示した場所に、丁寧《ていねい》な字で名前を書いた。

「あの、これでいいですか…？」

書き漏《も》らしがないことを確認《かくにん》し、作り笑顔《えがお》で労《ねぎら》う。

口調も丁寧で物腰《ものごし》の柔《やわ》らかいとても好感の持てる子なのだが、さっきから苛々《いらいら》した気分が抑《おさ》えられなかった。

自分でもその理由がわからず困惑《こんわく》しているのだが、それを表に出すわけにはいかない。

「ご協力ありがとうございました。被害届を受理させていただきます。またご連絡させていただくことがあると思いますが、そのときはよろしくお願いします」

「は、はい。こちらこそ、よろしくお願いします」

山本は居住まいを正してぺこりと頭を下げる。いまどきの子にしては礼儀《れいぎ》正《ただ》しく、目上の人間にきちんと敬語が使えるあたり、親の躾《しつけ》がいいのだろう。

痴漢のような犯罪は被害者《ひがいしゃ》が周囲に知られたくないからと、被害届を出さないことも多い。

警察官に対し、自分がどんなことをされたのか話さなければならないことも苦痛なのだろう。しかし、彼女はこれ以上被害者を増やしたくないと云《い》って、学校帰りに届けを出しに来てくれた。これであの犯人を釈放《しゃくほう》せずにすむ。

一人では不安だからということで、交番へは昨日と同様に孝平がつき添《そ》ってきた。山本は終始孝平に縋《すが》るような眼差《まなざ》しを向けていて、その頼《たよ》り切った様子はまるで初々《ういうい》しいカップルのようだった。

（お似合いってああいうことを云うんだろうな……）

絵に描《か》いたような爽《さわ》やかさは、自分にはあまりに縁遠《えんどお》いもので、湊の目には眩《まぶ》しく映った。羨望《せんぼう》の気持ちを抱《いだ》いてしまうのは、どう足掻《あが》いても手に入らないものだからかもしれない。

「心配なことがあったら、遠慮《えんりょ》なく云って下さい。あとはあまり夜遅《よるおそ》くに出歩かないように。できたら、塾の日とかは親御《おやご》さんに迎《むか》えに来てもらったりして下さいね」

「それなら大丈夫《だいじょうぶ》です。塾の帰りはお父さんと駅で待ち合わせることにしました」

「それはよかった。こちらでも引き続きパトロールは強化しますが、生憎万全《あいにくばんぜん》とは云いきれませんので」

市民の生活と安全を守るのが警察官の使命だが、完全に犯罪を防げるわけではない。個人でも日頃《ひごろ》から気をつけてもらうことが、犯罪の抑制《よくせい》に繋《つな》がるのだ。

「いえ、本当にありがとうございました。お二人のお陰《かげ》で助かりました。今度、両親がお礼に伺《うかが》いたいって云ってました」

「職務ですからお気遣《きづか》いなく。犯人を捕まえられたのは、ほとんどあいつの功績ですから」

そう云って、外で待っている孝平に視線をやると、山本もつられて頭を動かした。二人ぶんの視線を感じたのか、孝平がこっちを振り返る。

「終わった？」

「ああ。悪いな、外で待たせてて。暑かっただろう？　麦茶淹《い》れてやるからちょっと待ってろ」

「いいよ。俺、これから山本を家まで送ってくるから」

「え？」

腰《こし》を浮《う》かしかけた湊は、孝平の返事に耳を疑った。孝平が自分の申し出を断るなんて信じられなかった。

「明るくても、まだ一人じゃ不安だろうし」

「そ、そうだよな。ちゃんと送り届けてやるんだぞ」

何気ないふりを装ったけれど、口の端《はし》が引き攣《つ》るのは堪《こら》えきれなかった。

椅子《いす》を引いてやったり、荷物を持ってやったりとまるで彼氏のように振る舞《ま》う孝平に、胸のあたりがムカムカする。

(何なんだ、これ)

胸やけに似たもやもやした感覚は、二日酔《よ》いのときの不快感のようだ。

「じゃあ、俺たち行くから」

「失礼します」

孝平の隣でぺこりと頭を下げる山本の姿にズキリと心臓に痛みが走る。そんな胸の内を押し隠《かく》し、湊は二人を笑顔で見送った。

「気をつけて帰れよ」

二つの背中が見えなくなると、顔の横で振《ふ》っていた手を下ろし、無理に浮かべていた笑みを消した。

二人を見送ったあとも、重苦しい不快感が消えることはなかった。だが、この感情の名前がよくわからない。不安とも違《ちが》うし、苛立《いらだ》ちでもない。

（孝平が親離《おやばな》れしてくのが淋《さび》しいとか……？）

しかし、孝平がイギリスに旅立つ日でさえ、こんな身の置き場のない気持ちにはならなかった。考えれば考えるほど、頭がこんがらがってくる。

「ああもう、やめやめ…っ」

ぐだぐだ悩《なや》んでいても無駄《むだ》なだけだ。こういうときは体を動かしていたほうが、気持ちの整理も早くつく。

そう思って、届いたばかりのキャンペーンポスターを手に交番の外に出た。掲示板《けいじばん》の鍵《かぎ》を開けて、ポスターの貼《は》り替《か》えをしていると、一際《ひときわ》かしましい声が聞こえてきた。

「こんにちはぁ」

声をかけてきたのは常連の女子高生たちだった。彼女たちはしょっちゅう相談があるとか、落とし物をしたなどと云って、この交番を訪《おとず》れる。

相談と云っても、彼氏と別れたい、両親が口うるさいといったごくプライベートなものばかりで、落とし物もわざと自分で落としたものを捜《さが》してくれというイタズラまがいばかりだ。

あまりに度が過ぎるので、一度キツく叱《しか》ったら『秋枝さんに会いにきたかったから』と悪びれもなく返された。そうやって湊に近づき、いつか告白するつもりだったと云われ呆《あき》れ返った。

ＯＫされた子が勝ちなどという下らない計画をみんなで立てていたというのだから、いまの高校生の思考回路は理解できない。

そんなふざけたことをしているのは、ほんの一部の子たちだけだろうけれど、つくづくジェネレーションギャップを感じるようになった。

好意を持ってくれるのはありがたいけれど、節度を持ってもらいたい。こんなふうに考えてしまうのは、自分が歳を取ったせいだろうか。

(そもそも、女には興味ないんだけどな)

どんなにスタイルの良い美人に迫《せま》られたところで、相手が女性である以上は気持ちが傾《かたむ》くことはない。湊の性癖《せいへき》を知ったら、彼女たちもきっと交番には寄りつかなくなるだろう。

「こんにちは。今日は何を落としたんだ？」

にこりと笑いかけ、わざとらしく過去のイタズラを彷彿《ほうふつ》とさせる問いを投げかける。

「やだ、もうあんな子供っぽいことしませんよ、ウチらもう三年なんだし」

高校生にとって去年のできごとは、大昔のことに感じられるのかもしれない。すっかり大人のつもりのすまし顔に、忍《しの》び笑いを漏らす。

「反省してるならよかった。それで、今日はどんなご用件ですか？」

「そう！　あの痴漢《ちかん》捕《つか》まえてくれたって聞いたから、お礼に来たんです～。千絵《ちえ》のこと助けてくれたんですよね？」

千絵というのは山本のことだ。きっと、昨夜のことを学校で話したのだろう。

「友達が何人も被害に遭《あ》っててムカついてたから、みんなで捕まえてやろうかって云ってたところだったんですよ」

「こらこら、危ない計画を立てるのはやめなさい。そんなことするくらいなら、ちゃんと警察に被害届を出しに来なさい」

子供は親や教師など、周りの大人に頼らずに問題を解決したがる傾向《けいこう》があるように思う。彼女たちが無鉄砲《むてっぽう》なことをする前に犯人が捕まえられて、本当によかった。

「そういえば、秋枝さんって、秋枝くんのお兄さんだったんですね。同じ名字だからもしかしてって思ってたんですけど、あんまり似てないから違うかなぁって」

「よく云われます」

似ていないのは血が繋がっていないのだから当たり前だが、義理の兄弟であることを無闇《むやみ》に云いふらすつもりはない。いつも、こうして受け流していた。

とくに引け目などを感じたことはなかったけれど、何故《なぜ》か今日は少しだけ胸が痛んだ。

「でも、これで夜遅くなっても安心だよね」

「何云ってる。女の子は日が暮れる前に帰りなさい。携帯《けいたい》を持っていたって、すぐに助けを呼べるわけじゃないんだ」

「心配してくれるんですか？　優《やさ》しい～」

大人として、警官として当たり前のことを云っているのだが、女子高生たちはきゃっきゃと喜んでいる。

女子高生たちのテンションの高さに辟易《へきえき》していても、あからさまに不機嫌《ふきげん》な顔を見せるわけにもいかない。外面をよく保つのがたまに面倒《めんどう》になるが、これも仕事の一環《いっかん》だと表情を引き締《し》めた。

にこにこと見守っているといった態度の湊の前で、女の子たちは好き勝手なお喋《しゃべ》りを始める。

「秋枝くんも昨日、千絵のこと家まで送ってくれたんだって！」

「だから、今日いい雰囲気《ふんいき》だったのかなぁ？」

「もしかしたら、あの二人つき合い始めたのかも」

「お似合いだよね、千絵可愛《かわい》いし！」

「えっ？」

湊は思わず上擦《うわず》った声を上げてしまったが、女子高生たちは気づかず話し続ける。

「でも何か、秋枝くん取られちゃうのは悔《くや》しいかも……」

「やだ、もしかして狙《ねら》ってたとか？　イギリスから帰ってくる前は秋枝くんのこと記憶《きおく》にないって云《い》ってたくせに」

「だって、あんなにカッコよくなってるなんて思わなかったんだもん」

やはり、孝平は女の子にモテているらしいが、湊を動揺《どうよう》させたのは山本との仲だ。学校で近くで見ている子たちが、二人が親密に見えると云うのは真実味があった。

動悸《どうき》が激しくなり、周囲の音が遠退《とおの》いていく。自分でもうっすらと疑っていたことを第三者に云われたのがショックだったのかもしれない。

「秋枝さん、聞いておいて下さいよ！　本当のところどうなのかって」

突然《とつぜん》、話を振られて狼狽《うろた》えそうになったけれど、咳払《せきばら》いをしてごまかした。

「そういうプライベートのことは無闇に聞くものじゃない。君たち、世間話をしてるなら早く帰りなさい。俺も暇《ひま》じゃないんだからな」

「はぁい」

一度叱ってからは、注意には素直《すなお》に従う。

「寄り道しないでまっすぐ帰るんだぞ」

「そんなの小学生じゃないんだから無理ですよ」

女子高生たちは笑い合いながら、手を振って帰っていった。ようやく戻《もど》ってきた静けさにほっとしつつ、彼女たちの言葉を反芻《はんすう》する。

――もしかしたら、あの二人つき合い始めたのかも。

一足飛びにそこまでの関係になっているとは思えないけれど、送り迎《むか》えをするくらいなのだから、孝平だって彼女に好感を持ってはいるのだろう。

(俺以外にも興味が向いたのはいいことだよな)

いい加減な気持ちで湊を好きだと云っていたわけではないだろうが、全寮制《ぜんりょうせい》男子校という特《とく》殊《しゅ》な環境《かんきょう》にいたことで、勘違《かんちが》いを助長してしまった可能性はある。

日本の共学の高校に戻ったことで普通《ふつう》の感覚を取り戻し、家族に対する情愛を恋愛《れんあい》と取り違えていたと気づき始めているのかもしれない。

自分のように女性を恋愛対象にできない性癖でないのなら、敢《あ》えて茨《いばら》の道を歩むべきではない。従って、山本と親しくなったのはいい傾向だ。

しかし、袋小路《ふくろこうじ》に嵌《は》まりかけていた悩みに光が差したのだから安堵《あんど》してもいいはずなのに、湊の心は晴れやかではなかった。

(……どうしてこんなに胸が苦しいんだろう)

見えない何かに押し潰《つぶ》されそうな圧迫感《あっぱくかん》に、息苦しさを覚える。これではまるで恋煩《こいわずら》いではないかと笑いかけ、はっとした。

「恋煩い――」

辿《たど》り着いた確信に、すぅっと血の気が引いていく。立っているアスファルトがぐにゃりと曲がったかのような不安定さを感じ、咄嗟《とっさ》にポスターを貼《は》っていた掲示板《けいじばん》に寄りかかった。

（そうか、俺はあの子に嫉妬《しっと》してたんだ……）

孝平の隣《となり》に当たり前のような顔で立っていられる同世代の女の子が羨《うらや》ましかったのだ。

胸の中でもやもやとしていた不可解な気持ちがはっきりと形になる。名前のわかった感情に愕然《がくぜん》としつつ、湊はこれまでのこと全《すべ》てが納得《なっとく》できた。

出逢《であ》ったあの瞬間《しゅんかん》から孝平のことが好きだった。兄弟であることの意味を考えるよりも前に、ただ好きになっていた。

何をされても拒《こば》めなかったのは、好きだから。告白されて悩《なや》んでいたのは、自分の中に未練があったから。

弟でなければ、こんなにも悩まずにすんだのに――湊は何気なく、そんなふうに何度もため息をついたけれど、それはつまり『兄弟』という括《くく》りで恋愛感情を抑《おさ》えていただけということだ。

誰《だれ》に対しても本気になれないのは、本気の相手がいたから。一番身近な人物が、一番大切だっただけ。

わかってしまえば簡単な答えだったけれど、できることなら一生気づきたくなかった。

「大事な『弟』なのにな」

自嘲《じちょう》めいた笑《え》みを浮《う》かべて呟《つぶや》く。結局のところ、孝平を間違《まちが》った道へ誘《さそ》ってしまったのは、湊の無意識の言動なのかもしれない。

大事にしすぎたことで、自分以外に目を向けないように育ててしまったのだとしたら、いまのうちに正してやらなくては。

山本と気があっているようなら、湊はさりげなく孝平から距離《きより》を取るだけでいい。そうすれば、孝平の中の比重がやがて変わっていくだろう。

湊にとっては、それが一番難しいことだけれど。いっそ、孝平のためではなく、自分のために特定の相手を作るべきだろうか。

十年以上も抱《かか》えてきた気持ちをすぐに消し去ることなんて不可能だ。でも、形だけでも取り繕《つくろ》っていれば、いつしかそれが本物になるかもしれない。

「恋人《こいびと》、か……」

無意識に唇《くちびる》に乗せた単語に、高杉の顔を思い浮かべる。いま、孝平以外で一番近い存在は彼くらいだろう。

(でも、それはさすがに酷《ひど》いよな)

友人を利用するのは気が引ける。しかし、湊の性癖《せいへき》を知っていて、尚《なお》かつ込み入った相談ができる知り合いは他《ほか》にいない。

どうすればいいのかと憂鬱《ゆううつ》なため息をつきかけたそのとき、交番の中から電話の音が聞こえてきた。いまは勤務中だったと我に返り、慌《あわ》てて中に戻る。

「はい、南町交番――」

『あ、湊。いまいいか？』

受話器から流れてきた聞き慣れた声に緊張《きんちょう》を解く。噂《うわさ》をすれば影《かげ》だ。湊は後ろめたさを隠《かく》し、敢えていつもと同じような呆《あき》れた口調で返した。

「高杉さん、いまは勤務中でしょう。私用電話は厳禁ですよ」

『すぐすむからいいだろ。メールしても返事なんかよこさないくせに』

「三回に一回は返してます。だいたい、高杉さんのメールは下らない内容が多いんですよ。あんな写真送られても困ります」

道すがら見かけた猫《ねこ》の写真が添付《てんぷ》された雑談めいた文面に返信するほど暇ではない。お陰《かげ》で湊の携帯のデータフォルダは野良《のら》猫の写真だらけだ。

『何だよ、せっかく癒《いや》しを分けてやってんのに』

「俺は犬派なんです」

『そういや、あの弟も犬っぽいもんな』

「……ッ」

不意打ちで孝平の話題が出たことに、湊は思わず息を呑《の》んだ。この会話が電話でなかったら、すぐに動揺を見抜《みぬ》かれてしまっていただろう。

高杉にバレないようこっそりと深呼吸をし、気持ちを落ち着かせる。

「――それで、何の用なんですか？　勤務中に私用電話をしてるのが見つかったら怒《おこ》られるんですけど」

『今度の休み、お前と合わせておいたから空けとけって云おうと思って。この間の約束、忘れてないだろうな？　埋《う》め合わせするって云っただろ』

「ちゃんと覚えてますよ。どこに食べに行きますか？」

電話の主題はいつもと同じく、飲みの誘いだった。義母からの電話で食事を中座してしまったあと、お互《たが》いの都合がつかず約束を果たせていなかった。

高杉も気の置けない友人が少なく、その中でも仕事の愚痴《ぐち》を云いたければ、相手は湊しかいない。結局、気兼《きが》ねせずに話ができるのはお互いしかいないのだ。

多分、高杉は本気で自分を口説いているわけではないのだろう。

『いい酒を手に入れたんだ。親父《おやじ》がゴルフコンペでもらってきたやつを拝借してきた』

「バレたら怒られますよ」

『医者から禁酒しろって云われてるからいいんだよ』

「あとで何を云われても知りませんよ、俺は」

高杉の軽口を笑うけれど、どこか乾《かわ》いた響《ひび》きになってしまった。

『どうした？　何か声が暗いけど』

「別にそんなことないですよ」

鋭《するど》い指摘《してき》に声が揺《ゆ》れる。

『気のせいならいいけど、悩みがあるなら相談しろよ。たまには先輩《せんぱい》を頼《たよ》ってもいいだろ』

「そう…ですね……」

悩みなんてないですよ。そんなふうに笑い飛ばすつもりだったのに、思わず本音が覗《のぞ》いてしまった。

『やっぱり、お前んちで飲むか。そのほうが気が楽だろ。久々に料理の腕《うで》を振《ふ》るってやる』

高杉は湊の様子を追及《ついきゅう》することなく、強引《ごういん》に予定を決めてしまう。今回ばかりは、高杉の有《う》無《む》を云《い》わせない態度がありがたかった。

「……わかりました。お待ちしてます」

『ちゃんと部屋片づけておけよ』

「ピカピカにしておきますよ」

冗談《じょうだん》めかした高杉の言葉に、自然と口元が綻《ほころ》んだ。

重い足取りで帰宅した湊は、マンションの下から明かりのついた自室を見上げてため息をついた。思ったとおり、孝平が部屋に来ているようだ。

昨夜、鍵《かぎ》を渡《わた》したのだから当然だけれど、顔を合わせるのはもう少し気持ちの整理をつけてからがよかった。

――帰りたくない。

そう思っても、部屋までの距離はそう遠くない。一秒でも長く時間がかかるようにと階段を使ったけれど、あっという間に玄関《げんかん》の前に辿り着いてしまった。

いつまでもドアの前に立っていたら不審《ふしん》人物だと思われかねない。仕方なくチャイムを鳴らすと、中から慌てたような物音が聞こえてきた。

「おかえり、湊」

「……ただいま」

ドアを開けてくれた孝平の笑顔に、胸が甘く疼《うず》く。一旦《いったん》、自分の気持ちを自覚してしまった以上、常とは違《ちが》う鼓動《こどう》の速さを意識してしまう。

「どうかした？　何か嫌《いや》なことでもあった？」

「え？　何で？」

「何かヘンな顔してるから。大丈夫《だいじょうぶ》か？」

「……っ、だ、大丈夫だよ」

体を屈《かが》めて顔を覗き込んでくる孝平の頬《ほお》を軽く叩《たた》いて、その横をすり抜《ぬ》ける。見つめられ続けたら、すぐにボロが出てしまいそうだったから。

冷蔵庫から缶《かん》ビールを取り出し、ベッドへ乱暴に腰《こし》を下ろす。パイプの骨組みがその重みで軋《きし》んだ音を立てた。

プルタブを開けて冷えた液体を喉《のど》に流し込むと、その瞬間《しゅんかん》だけは重苦しい気持ちを忘れられる。だけど、それもほんの一瞬のことだ。

「やっぱり疲《つか》れてんだろ。風呂《ふろ》入れようか？」

「頼《たの》む――――いや、いいよ。あとで自分でやるから」

深く考えずに返事をしかけ、すぐに云い直した。こうやって、当たり前のように孝平に甘えるのはよくない。

「何遠慮《えんりょ》してんだよ。家から持ってきたおかずがあるから温めるな。メシも炊《た》いといたからちゃんと食えよ。食が細いから、いつまで経《た》ってもそんなに細いんだろ」

「うるせぇ。もう遅《おそ》いんだからお前は帰れ」

「何でだよ、鍵くれたの湊じゃん。明日休みだから泊《と》まってく。着替《きが》えも持ってきたし」

「客用布団《ふとん》ないから無理」

ビールを更《さら》に呷《あお》りながら素《そ》っ気なく返す。

「俺は同じ布団で全然いいけど」

「誰《だれ》が一緒《いっしょ》に寝《ね》るか」

「それなら、床《ゆか》でもいいけどさ」

「何で泊まること前提なんだ。義母《かあ》さんが待ってるだろ」

「湊んとこ泊まるって云っておいた」

「お前な……」

あれこれと追い返す理由を探すけれど、孝平はしつこく食い下がってきた。

「いいから、メシにしようぜ。いま仕度《したく》するから待ってろよ」

キッチンへ行こうとする孝平の背中に、胸の中に抱《かか》えていたわだかまりを投げかけた。

「そういえば、あの子といい雰囲気《ふんいき》だったよな」

「何のこと？」

怪訝《けげん》な顔で振り返った孝平の顔が見られず、目を逸《そ》らす。

「山本さんだよ。あの子、お前のこと好きみたいじゃないか。お前だって満更《まんざら》でもなさそうだったし、つき合ってみたら？」

「湊、それ本気で云ってる…？」

険しい声で訊《き》いてくる孝平に、何気なさを装って返事した。

「そうだけど？」

「俺は湊の役に立ちたかったから送っていっただけだ！　本当に俺があいつとつき合ったらいいって思ってんのか？」

「当たり前だろ。やっぱ、女の子とつき合うのが普通《ふつう》だし」

平然とした顔を浮《う》かべながらも、缶ビールを持つ手が震《ふる》えそうになる。慌《あわ》てて体の後ろに隠《かく》し、体まで震えないよう拳《こぶし》を握《にぎ》りしめた。

(何、動揺《どうよう》してんだよ)

これが一番いい方法だとわかってるのに、胸が締《し》めつけられる思いだった。

「俺は湊が好きだって云ってるだろ!?　信じてないのかよ！」

「そういう問題じゃない。男同士は障害も多いし、俺たちは兄弟だろう。いまなら若気《わかげ》の至りで引き返せる。考え直せ」

その言葉はむしろ自分へ向けたものだった。

「そんなのずっと考えてきた！　俺は一時の感情だけで好きだって云ってるわけじゃない！」

孝平が怒る気持ちはわかる。好きだと云っている相手から他《ほか》の子とつき合えと云われたら、誰だって腹が立つだろう。

酷《ひど》いことをしている自覚はある。それでも、ここで尻込《しりご》みするわけにはいかない。

「聞き分けろよ、孝平。俺の立場だって考えろ！」

「……っ」

両親が再婚《さいこん》しなければ——孝平と出逢《であ》わなければ、こんなふうに苦しまないですんだのだろうか。だが、いまさら『もしも』を考えても仕方ない。

怒《いか》りを抑《おさ》え込んでいるような顔の孝平はしばらく黙《だま》っていたけれど、不意に立ち上がった。

「帰る。しばらく、頭冷やす」

孝平はそう云って、湊の部屋を出ていった。呼び止めたい気持ちをこらえ、歯を食い縛《しば》る。

突《つ》き放したのは自分なのだから。

（あいつにだって、いつか俺の気持ちがわかるはずだ）

いまはそう信じるしかなかった。

7

久々の休日、じっとしていると考え込んでしまうため、湊は朝から溜《た》まった家事に勤《いそ》しんでいた。洗濯機《せんたくき》を回し、掃除機《そうじき》をかけ、布団を干し——機械的に手を動かしていても、ふとしたきっかけで孝平の顔が浮かんでくる。

頭《かぶり》を振《ふ》って映像を消し去り、無理矢理《むりやり》作業に没頭《ぼっとう》する。お陰《かげ》で部屋は隅々《すみずみ》まで片づいたけれど、自分でも現実逃避《とうひ》でしかないということはわかっていた。

思わず出てしまいそうになるため息を飲み込みながらシンクを磨《みが》いていたら、来客を告げるチャイムの音が鳴った。

「湊ー？」

「待って下さい、いま開けます」

夕方に訪ねると云《い》っていたのに、ずいぶんと早い到着《とうちゃく》だ。そとはまだ日も高い。急いで洗剤《せんざい》に塗《まみ》れた手を洗い、玄関の鍵を開けた。

「お待たせしました。こんなに早く来るなんて思ってませんでしたよ」

「思ったより道が空いてたんだよ。何だ、本当に掃除してたのか？」

「片づけておけって云ったの高杉さんでしょう？　それにいつも忙《いそが》しいから、こういうときにやっておかないと」

当たり障《さわ》りのない云い訳をしつつ、高杉を招き入れる。両手に提《さ》げていた買い物袋《ぶくろ》を受け取ろうとしたら、じっと顔を見つめられた。

「お前顔色悪くないか？」

「え、そうですか？」

「目の下に隈《くま》ができてる。眠《ねむ》れてないんじゃないか？」

「そんなことないですよ、きっと普段《ふだん》の疲れが出たんじゃないですか」

高杉の問いかけを否定したけれど、実際、まともに眠れてはいなかった。

睡眠《すいみん》不足は勤務に差し障る。健康管理は仕事の一部だと自分に云い聞かせて眠ろうとしたけれど、意識すればするほど目は冴《さ》えていった。結局、朝方ベッドから抜け出し、部屋の片づけを始めた。

「とりあえず上がって下さい。コーヒーでいいですよね」

無理に笑《え》みを浮かべる湊に、高杉は訝《いぶか》しむような眼差《まなざ》しを向けたけれど、何も云わずに奥へと行った。

湊はコーヒーを淹《い》れる湯を沸《わ》かすためにケトルを火にかける。その火を見つめながら、一晩かけても結論の出なかった迷いを反芻《はんすう》した。

（……相談したいけど）

このもやもやとした気持ちを誰かに聞いてもらいたい。けれど、話してしまったら、絶対に高杉を煩《わずら》わせることになってしまう。友人として大事な相手だからこそ、迷惑《めいわく》はかけたくない。

それに、誰の意見を聞こうが、最後には自分自身で片をつけなければいけない。一時的に甘えたところで、問題を先送りにするだけだ。

突然《とつぜん》、ケトルがピーッとけたたましい音を立てた。我に返った湊は慌てていたせいで、火を消すのに手間取ってしまった。

ようやく耳障りな音を止められたけれど、高杉が心配そうにキッチンに顔を出す。

「おい、大丈夫《だいじょうぶ》か？」

「すみません、ちょっとぼうっとしてて」

「本当にどうしたんだ？　やっぱり悩《なや》みごとでもあるんじゃないのか？」

「それは……」

云い澱《よど》むと、高杉は淋《さび》しそうに苦笑いを浮かべた。

「俺じゃ頼《たよ》りにならないか？」

「そういうわけじゃありません」

むしろ、その逆だ。頼るなら、高杉しかいない。だからこそ、気安く口にはできないのだ。

「役に立つかどうかわからないが、俺にだって愚痴《ぐち》を聞くくらいならできる。お前のことだから、自分一人でどうにかしないとって思ってるのかもしれないけど、話すだけでも気が楽になるかもしれないだろ」

「高杉さん……」

「ほら、こっちに来い」

湊は高杉に部屋へと引っ張っていかれ、ベッドの縁《ふち》に座らせられた。そして、用意しておいたグラスに彼が持参してきたワインが注がれる。

「飲め。先輩《せんぱい》命令だ。酒を入れれば少しは話しやすくなるだろ」

「……っ」

芳醇《ほうじゅん》な香《かお》りのする深紅《しんく》の液体を思い切って呷《あお》ると、やがて体が熱くなってきて、鼓動《こどう》も速さを増した。

「美味《うま》いだろ」

訊きながら、高杉もグラスを傾《かたむ》ける。

「はい、かなり。値段もずいぶんしそうですね、これ」

自棄酒《やけざけ》として飲むには上品すぎるその味に申し訳ない気持ちになる。きちんとしたワイングラスで味わうべき代物《しろもの》なのだろうが、男の一人暮らしにそんな気の利《き》いたものはない。

「多分な。ありがたく味わえよ」

「持ち出したことがバレても共犯にしないで下さいよ」

アルコールに口が滑《なめ》らかになり、軽口も叩《たた》けるようになってきた。だが、本題に切り込まれると、喉《のど》が詰《つ》まったようになる。

「――で、お前はいま何に悩んでるんだ？」

「それは、その……」

純粋《じゅんすい》に云い辛《づら》いということもあったけれど、どこから説明したらいいのかわからなかった。

「当ててやろうか？　弟のことだろ」

「なっ……」

「図星か。お前が悩むのなんて、弟に関することくらいだもんな。留学する前も本人以上に頭抱《かか》えてただろ。今回は何があったんだ？」

高杉相手に取り繕《つくろ》っても仕方ないと判断し、素直《すなお》に現状を説明することにした。視線を手元のグラスに落とし、ぎこちなく唇《くちびる》を動かす。

「……あいつに、その、好きだって云われて……」

「何だ、そのことか」

淡々《たんたん》とした返事に、湊のほうが目を丸くする。

「驚《おどろ》かないんですか？　兄弟としてとか、そういう意味じゃないんですよ？」

「いまさら驚くか。あいつの気持ちなんて見てればわかる。お前が云われるまでわからなかったって云うんなら、そっちのほうが驚きだ」

「……」

高杉の呆《あき》れたような物云いに愕然《がくぜん》とする。傍《はた》から見ていてわかる状態だということは、いつ問題が表面化してもおかしくない。

青くなっている湊に気づいたのか、高杉はフォローを入れてきた。

「心配すんな。他《ほか》のやつらには仲のいい兄弟程度にしか見えてないだろうから。あいつ、俺には敵対心剝《む》き出しだろ。だから、そういう意味で嫉妬《しっと》してんだなってわかるんだよ」

「そういえば、高杉さんに対しては昔からああですよね」

「前にお前にキスしてるとこ見られたからじゃないか？」

「え⁉　いつですか⁉」

「まさか、気づいてなかったのか？　あれは二度目にお前んちに行ったときだったかな」

「そんな……」

つき合っていたのは薄々《うすうす》感づかれているだろうと思っていたけれど、直《じか》に見られていたなんて。

だが、それなら孝平の露悪《ろあく》的な態度も納得《なっとく》できる。当時から高杉をライバルとして認識《にんしき》していたのだ。

（やっぱり、俺のせいだ……）

自分のこの性癖《せいへき》に気づかれなければ、孝平は同性を恋愛《れんあい》対象にできると知らずにすんだかもしれない。

「……どうにかしないと」

湊が思わず漏《も》らした呟《つぶや》きに、高杉は微《かす》かに眉根《まゆね》を寄せた。

「もしかして、迫《せま》られてんのか？」

「ええ、まあ、そんな感じです……」

もうすでに関係を持ってしまったとは云《い》えず、口を濁《にご》す。

「でも、あいつは勘違《かんちが》いしてるんです。刷り込みみたいなもので、絶対いつか目を覚ます。だから、早く諦《あきら》めさせたほうがいいと思うんです」

「だったら、そう云ってやればいいじゃないか」

「云ってますよ！　でも、全然云うこと聞かなくて……」

話して納得してくれるなら、こんなに悩んではいない。遣《や》り場のないもどかしさにワインを再び呷ると、高杉が空になったグラスに再びなみなみとワインを注いできた。

「恋人《こいびと》のふりをしてやろうか？」

「え——？」

罪悪感を覚えて項垂《うなだ》れていた湊は、高杉の提案に顔を上げた。云われた瞬間《しゅんかん》、胸のあたりがひやりとしたのは、自ら考え、否定した方法だったからだ。

「あいつだって、お前に恋人がいるとわかればひとまず諦めるだろ。大学生にもなれば出逢《であ》いも増えるし、そのうち他に目も向くようになるんじゃないのか？」

「でも……」

一番効果的な方法だとは思うが、気安く頼《たの》めることではない。返事を躊躇《ためら》っていると、背中を軽く叩かれた。

「俺に悪いと思ってるんだろう？　そんなこと気にするな」

「そういうわけにはいきません」

「だったら、本当につき合うか？　俺かお前のどちらかに、本気の相手ができるまでの期間限定で」

「……！」

高杉の出してきた条件に心が揺《ゆ》れた。

「利用できるものは何でも使え。大事な友人のためだ、何でもしてやるよ。お前だって、俺が困ってたら助けてくれるだろ？」

「それはもちろん、でも……」

「とか云って、俺としても美味《おい》しい交換《こうかん》条件なんだけどな」

わざとらしく肩《かた》を竦《すく》めて笑うのは、湊の後ろめたさを軽くしようとしてのことだろう。

「──本当にいいんですか？」

「ああ、俺は問題ない。あとはお前次第《しだい》だ。一つ、確認しておくけど、お前はあいつの気持ちに応《こた》える気はないんだな」

「……っ、あるわけないじゃないですか。孝平は弟なんですよ」

否定する声が大きくなってしまうのは、まだ迷いが残っているせいだろうか。狼狽《うろた》える湊に、高杉は尚《なお》も追及《ついきゅう》してくる。

「それは兄弟だからダメだってことか？　それとも、お義母《かあ》さんに悪いと思ってんのか？　しがらみ抜《ぬ》きのお前の気持ちはどうなんだ？」

「それは――」

答えようとしたけれど、言葉が出てこなかった。

（俺はどうしたいんだろう……）

孝平のためと云っているけれど、本当にそうなのだろうか？

「…………」

湊が黙《だま》り込んでいると、高杉は口調をがらりと変えて云った。

「悪い、それは俺が口を挟《はさ》むことじゃないよな。ま、血が繋《つな》がってるわけじゃないんだし、お互《たが》いに好きならアリだと思うけどな」

高杉の言葉に固まりかけていた決意がまた揺らぐ。

湊は、鳴り響《ひび》いた携帯《けいたい》電話の着信音にびくりと反応した。仕事の呼び出しだろうかと思いながら手を伸《の》ばした湊よりも早く、高杉が携帯電話を取り上げた。

「タイミングいいな」

「え？」

「お前の弟からだよ。——もしもし」

「ちょっ…」

高杉から携帯を奪《うば》い返そうとしたけれど、ひょいと避《よ》けられてしまう。その上、唇に人差し指を押し当てられ、黙るよう指示された。

「ん？　何でって、湊の部屋にいるから。いま、シャワー浴びてるから出られないんだよ。そんなの、云わなくたってわかるだろ。子供じゃないんだから」

涼《すず》しい顔で嘘《うそ》をつく高杉にはらはらする。シャワーなんて浴びてもいないし、電話に出られないのは高杉が携帯電話を奪ったからだ。

「それじゃあな。今日は邪魔《じゃま》すんなよ」

高杉はそう云い捨て、通話を切る。ついでのように電源を落として、手の届かない場所に放り投げられた。

「ああっ、高杉さん、何考えてるんですか！」

焦《あせ》る湊にさらりと真実を突《つ》きつけてくる。

「手を打つなら早いほうがいい。いつまでも中途半端《ちゅうとはんぱ》にしてるほうが、あいつにとっても酷《こく》だろう？」

「……！」

高杉の云うことは尤《もっと》もで、湊には反論することはできなかった。

「あいつ、絶対来る。賭《か》けてもいいぜ」

頭に血を上らせて現れた孝平に、それらしい現場を目撃《もくげき》させて現実（実際は偽《いつわ》りだけれど）を認識させようというのだろう。

「警察官が賭けごとするのはまずいですよ」

「金を賭けなきゃいいんだよ」

「だったら、何を？」

「キス一つでどうだ？　下手《へた》したら修羅場《しゅらば》になるかもしれないけど、あいつだってバカじゃないんだ。近所に知られるような騒《さわ》ぎにはならないだろ」

「……そう、ですね」

いまさら気が引けるとも云い出せず、高杉の計画から降りることはできなかった。

（心臓が痛い）

飲み込んでしまった針が途中で引っかかり、ふとした弾《はず》みに刺《さ》さったかのようだ。

これでいいと安堵《あんど》している自分と、浮《う》き足立っていますぐにでも逃《に》げ出してしまいたい自分がいる。

湊は改めて気づいてしまった。

自分の世界が、たった一人で構成されていたのだということに――。

「そろそろかな」

高杉が時計を見て呟く。否応《いやおう》なしに緊張感《きんちょう》が増し、膝《ひざ》の上で握《にぎ》りしめた手の平がさらに汗《あせ》ばんでくる。

「どうする？　押し倒《たお》しておいたほうがいいよな」

「服、脱《ぬ》いだほうがいいですかね……」

「あんまりそそる格好されると、俺のほうが洒落《しゃれ》にならなくなるから。演技できる余裕《よゆう》を残しておかないとな。弟が来たら驚《おどろ》いた顔しろよ。俺が挑発《ちょうはっ》したことは、お前は知らないことになってるんだから」

「が、がんばります」

猫《ねこ》を被《かぶ》るのには慣れているけれど、いざ演技力を求められると困惑《こんわく》してしまう。果たして、孝平を騙《だま》しきることができるだろうか。

ぎこちなくベッドに横になると、その上に高杉が覆《おお》い被さってきた。この体勢で高杉を見上げるのは久々のことで、何だか不思議な気分だった。

「ところで、今日はどこまでしていいんだ？」

「……あいつが帰ったあとなら、どうとでも」

「まあ、青少年に刺激《しげき》の強すぎるものは見せられないし？」

高杉はベッドの上で湊に覆い被さり、戯《たわむ》れるように首筋に唇《くちびる》を押し当ててくる。まくれたTシャツの間から手を差し込まれるその感触《かんしょく》に何も感じない。

(これでいいんだ)

そう自分に云《い》い聞かせて目を瞑《つぶ》ると、目蓋《まぶた》の裏に孝平の顔が浮かぶ。

「お前、相変わらず体温低いな」

「余計なこと喋《しゃべ》らないで下さい」

「集中できない？」

「そうですよ」

高杉の揶揄《やゆ》を笑い飛ばしたのは、そうでもしていないと居ても立ってもいられないからだ。

近づいてきた唇を避けるように、顔を背《そむ》けてしまった。

「キスは嫌《いや》か？」

「いえ、そういうわけじゃ……」

無意識の行動に戸惑《とまど》っていると、廊下《ろうか》を走る足音が聞こえてきた。それはどんどんこちらに近づいてくる。

心臓が壊《こわ》れてしまいそうなほど早鐘《はやがね》を打つ。緊張に震《ふる》える手でベッドカバーを握りしめた瞬《しゅん》間《かん》、玄関《げんかん》のドアがバンと開いた。

「湊!?」

孝平の声に、息が止まる。部屋に飛び込んできた孝平は、二人の体勢を見て顔色を変えた。怒《いか》りや困惑の滲《にじ》んだ顔で部屋の入り口に立ち尽《つ》くす孝平に、高杉はニヤリと笑う。湊は演技などできる心の余裕はなく、孝平から顔を逸《そ》らしてしまった。

「遅《おそ》かったじゃないか」

「……っ、あんた、何考えてんだよ」

孝平は湊を押し倒している高杉を睨《にら》みつけてきた。いまにも殴《なぐ》りかかりそうな顔をしているが、必死にその衝動《しょうどう》を抑《おさ》え込んでいるようだった。

「君には早く現実を見せておいたほうがいいと思ってあ云ったんだ。君なら絶対飛んでくると思ってね」

高杉はおもむろに湊の上から退き、気怠《けだる》そうに髪《かみ》をかき上げる。してやったりと云わんばかりの表情を浮かべているのは、本心からなのか演技なのか湊には判断できなかった。

「見ればわかると思うけど、俺たちまだつき合ってるんだ。湊が君にはバレたくないって云うから隠《かく》してたけど、いい加減潮時だろう？」

「………………」

湊は高杉の後ろに隠れるように体を小さくした。嫌な緊張感に心臓が不整脈を刻む。

いま、どんな眼差《まなざ》しで自分を見つめているのだろうかと気になりはしたけれど、どうしてもいまは振《ふ》り返ることなどできなかった。

軽蔑《けいべつ》されてもおかしくはないことをしている自覚はある。だからこそ、怖《こわ》かった。

早く全《すべ》てが終わって欲しいと願う湊とは逆に、孝平は意外にも冷静だった。

「湊、本当にそいつが好きなのか？」

「……そうだよ」

平然とした態度で答えようとしたけれど、声が震えてしまう。こんなことは一度で終わらせてしまいたい。孝平に嘘をつくのは、何よりも辛《つら》くて苦しい。

（……心臓が痛い）

突き刺すような痛みは、さっきよりも酷《ひど》くなっていた。

なのに、孝平は湊の心を揺《ゆ》らす質問ばかり投げかけてくる。

「俺よりも？」

「当たり前だ」

「そいつのこと、俺よりも大事だってこと？」

「そうだって云ってるだろ！」

絞《しぼ》り出すような声で叫《さけ》んだ湊に対し、孝平は淡々《たんたん》と告げた。

「だったら、俺の顔見て云えよ」

「！」

「云えないんだろ。湊が嘘つくときって、いつも俺の目見ないもんな」

息を呑《の》み、目を瞠《みは》る。突きつけられた言葉に、もう動揺《どうよう》を隠しきることはできなかった。

（最悪だ――）

目論見《もくろみ》も上手《うま》くいかない上、ついた嘘《うそ》すら見抜《みぬ》かれるなんてお粗末《そまつ》にも程《ほど》がある。孝平の追《つい》及《きゅう》に何も云い返せない自分が情けなかった。高校生一人云いくるめることもできないなんて。

何も云えなくなった湊の代わりに、高杉が口を挟《はさ》んできた。

「それは君の都合のいい思い込みだろう？」

「あんたは黙《だま》ってろ！」

孝平が一喝《いっかつ》する。その鋭《するど》さに、高杉もたじろいだようだった。

「あのさ、俺がどんだけ湊のこと見てきたと思ってんの？　嘘ついてるかどうかくらい、顔見りゃわかるよ」

優《やさ》しくなった声音《こわね》に瞳《ひとみ》の奥が熱くなる。こんなところで泣いたら、それこそ何もかもが台なしになる。奥歯を噛《か》んで涙腺《るいせん》が緩《ゆる》むのを必死にこらえた。

「あの日から、考えてた。どうして湊があんなこと云ったのかって。最初のうちはすげぇムカついてたけど……気づいたんだ。俺のこと、弟としか見てないなら初めから相手にもしてくれなかっただろうなって。湊が困ってたのは、そうじゃない気持ちがちょっとでもあったからだろ？」

「……っ」

「湊、どうでもいい人間には冷たいもんな。あんなふうに怒鳴《どな》るなんて絶対しないし、泣きそうな顔だって見せないし」

「そんなこと……」

全て、孝平の云う通りだった。それでも違《ちが》うと云うための理由を探していると、高杉がわざとらしいため息をついた。

「もう諦《あきら》めろ、湊。すっかりバレてるみたいだぞ」

「――え？」

何を云われたのかわからず、高杉を見つめて目を瞬《またた》く。

「いい加減、認めろよ。俺はずっと前から気づいてたよ、お前の本当の気持ちに」

「な…何云ってるんですか、本当の気持ちって……」

態度を変えた高杉にパニックに陥《おちい》る。

「お前、自分で本音を漏《も》らしてたことに気づいてないだろ？」

「本音…？」

「絶対いつか目を覚ます。だから、早く諦めさせたほうがいい――それって、恋人《こいびと》になっていつか捨てられるくらいなら、ずっと兄弟でいたほうがいいってことだろ」

鋭い指摘《してき》は湊の胸に深く突《つ》き刺《さ》さった。湊が気づかぬふりをしてきた自分の気持ちを、高杉はとっくに見抜いていたようだ。

「ほらな、否定できない」

「お、俺は――」

「あとはお前らで話し合え。お互《たが》い主張ばっかりしてないで歩み寄れよ」

「た、高杉さん…」

「せっかく一芝居《ひとしばい》打ってやったんだから、上手くやるんだぞ。あ、そうそう。賭《か》けは俺の勝ちだな」

「あ――」

高杉は、小さく呟《つぶや》いた湊の唇を素早《すばや》く掠《かす》め取った。

「俺を当て馬に使ったことは、これで許してやるよ。ごちそうさま」

「お前……ッ」

「このくらいで怒《おこ》るなよ。むしろ、お膳立《ぜんだ》てを感謝して欲しいくらいだっていうのに」

「早く出てけ」

「はいはい、あとは若い二人でごゆっくり」

語尾《ごび》にハートがついていそうな軽い口調で云い、高杉は部屋を出ていった。射貫《いぬ》きそうな視線でその背中を睨んでいた孝平だったけれど、ドアが閉まる音と共に殺気を消した。

それでも、苛立《いらだ》った様子で玄関へ行き、鍵《かぎ》をかけて戻《もど》ってくる。そして、湊が小さくなっているベッドにどかりと腰《こし》を下ろした。

「……こ、孝平……」

高杉によって暴《あば》かれた本心を取り繕《つくろ》う余裕《よゆう》もなく孝平と二人きりにされ、途端《とたん》に心許《こころもと》なくなる。けれど、この狭《せま》い部屋の中には逃《に》げる場所はなかった。

いつまでも続くかと思われた沈黙《ちんもく》を先に破ったのは、やはり孝平だった。

「——俺さ、湊が本気であいつのことが好きだって云《い》うんなら、身を引くつもりだった。いつまでも湊を困らせていたくはなかったから」

「！」

孝平がそんなふうに考えていたなんて、思いもしなかった。孝平を子供扱《こどもあつか》いしていたけれど、自分のほうが大人になりきれていなかったのかもしれない。

「その代わり、最後に一発殴るつもりでここに来たんだ。俺の大事な湊を預けるんだから、あいつの覚悟《かくご》を確かめておかないと思って。でも、湊の顔見てわかったんだ。湊、本当は俺のこと好きなんだろ？」

「……っ」

「湊が意地っぱりで見栄《みえ》っぱりで天《あま》の邪鬼《じゃく》なことは俺が一番よく知ってる。誰《だれ》よりも心配症《しんぱいしょう》で小心者だってこともわかってる。湊だって俺のことなら何でも知ってるだろ？」

淡々と静かに語られる言葉に、さっきは堪《た》えることができた涙《なみだ》が込み上げてくる。手で拭《ぬぐ》えば、その動作で気づかれてしまう。

「あと、あいつが云ってたことだけどさ、俺が湊を捨てることなんかありえないし、一人で罪悪感抱《かか》えなくてもいいから。だから、湊の全部を俺にちょうだい」

「だ、ダメだ。俺たちは兄弟なんだぞ」

本気でなければ、これまでのことも度の過ぎた遊びとして、記憶《きおく》の隅《すみ》に追いやってしまえばいい。けれど、孝平は飽《あ》くまで目を逸《そ》らそうとはしなかった。

「だから何？　もし、血が繋《つな》がってたとしても俺は湊しか好きにならない。自分の気持ちに嘘つくなって教えてくれたの湊だろ？」

「それでもダメだ。俺なんかのせいでお前の将来台なしにしたくない」

高杉に指摘されたことも真実だ。けれど、孝平の未来の可能性の障害になりたくないという気持ちも偽《いつわ》りではない。

頑《かたく》なな湊に、孝平がむくれた声で反論してくる。

「どうして湊のせいで俺の将来が台なしになんの？　俺は湊と一緒《いっしょ》にいるために真面目《まじめ》に勉強してるし、留学したのだってそのためだ。誰にも文句云われないくらいの稼《かせ》ぎと地位を手に入れるために、がんばってるんだけど」

「何…云って……？　え？」

「つーか、湊のためじゃなきゃ、この俺が二年も離《はな》れてるの我慢《がまん》できるわけないだろ。この先、少なくとも五十年は湊の傍《そば》を離れる気はないから。で、俺が湊の介護《かいご》もしてやるよ」

「――お前、絶対バカだろ」

青春真っ盛りの高校生のくせに、途方《とほう》もなく先の未来のことまで考えて人生設計をしている孝平に呆《あき》れ返る。

「酷《ひど》いな、これでも真面目に考えてんのに……湊？」

「バカだとは思ってたけど、ここまでバカだとは思わなかった。育て方間違《まちが》えた」

悪態をついていたら、不意に抱《だ》き寄せられた。顔を胸に押しつけられ、昔自分がしてやっていたようにポンポンと背中を叩《たた》かれる。

「泣くなって」

「泣いてない！」

鼻の奥がツンと痛むのは気のせいだ。顔を押しつけられたシャツが濡《ぬ》れているのは、孝平が汗《あせ》を掻《か》いているからに違いない。

「はいはい、そういうことにしといてやるよ」

「お前、最近生意気だぞ」

背中を叩くリズムを快く感じながらも、孝平に慰《なぐさ》められていることが悔《くや》しかった。

「いつだって俺は湊に従順だろ」

「どこがだよっ」

全然云うことを聞かないし、勝手なことばかりするし、従順というには程遠《ほどとお》い。しかも、湊の知らないところで画策していたなんて信じられない。

「責任取ってよ。俺、湊しか好きになれないから、湊に振《ふ》られたら一生独り身なんだけど」

「ふざけんな！　俺だって――」

顔を上げて文句を云おうとしたら、口づけに言葉を奪《うば》われた。軽く啄《ついば》むだけで離れていった唇《くちびる》を視線で追ってしまい、我に返ったときには孝平に見つめられていた。

「湊の迷惑《めいわく》になることはもうしない。足手纏《あしでまと》いにもならないよう努力する。……それでもダメ？　何でも聞く。湊が知られたくないなら、誰にもバレないように気をつける。湊の云うこと、何でも聞く。」

甘えの混じった眼差《まなざ》しを向けられ、さらに気持ちが揺《ゆ》れた。

「……お前こそ、俺なんかでいいのかよ」

「湊じゃなきゃ嫌《いや》だ」

往生際《おうじょうぎわ》の悪い湊に、孝平はきっぱりと云いきった。

（もう、逃げられない）

ぐだぐだと云い訳を探していたけれど、退路は全《すべ》て断《た》たれてしまった。

「……ったよ」

「え？　ごめん、聞こえなかった」

「わかったって云ったんだ！　全部お前にやるよ！　その代わり、途中《とちゅう》で飽きたとか云ったら殺すからな!!」

やけくそになって喚《わめ》くと、孝平は子供の頃《ころ》と変わらない満面の笑《え》みを浮《う》かべた。

「絶対飽きない自信はあるけど、湊にならいいよ殺されてもいいよ」

その笑顔の眩《まぶ》しさに、胸が甘く締《し》めつけられる。恋煩《こいわずら》いの重症《じゅうしょう》ぶりには、自分でも呆れるしかない。

「そういうこと云うからバカだっていうんだ」

「とか云いながら、耳赤くなってる」

「いい加減、うるさいな」

耳朶《みみたぶ》をつつく指を手で払《はら》う。どんなに表情に出ないようがんばっても、肌《はだ》の色が白いせいで赤らむとすぐにバレてしまう。

そのときふと、孝平が訝《いぶか》しげな顔をした。

「あれ？　髪《かみ》が濡れてない……シャワー浴びたんじゃなかったのか？」

「ああ、あれは高杉さんの出任せだよ。お前を挑発《ちょうはつ》するためのな」

実際は横にいたし、その会話も耳にしていた。

「挑発、か……。湊、あいつにはどこまでさせたんだ？」

「は?」

「ここで押し倒《たお》されてただろ」

「ちょっと触《さわ》らせただけだって。別にそんな大したことは……」

「ちょっとだけでも充分《じゅうぶん》だ。やっぱりあいつ、一発くらい殴《なぐ》っておくんだった」

孝平は憎々《にくにく》しげに独りごちる。高杉に本気で抱《だ》かれるつもりだったことは胸に秘《ひ》めておいたほうがよさそうだ。

「もういいだろ、あの人のことは。お前は俺のことだけ考えとけ」

都合の悪いことを云う孝平の口を塞《ふさ》ぐべく、頭を摑《つか》んで嚙《か》みつくようにキスをした。驚《おどろ》いて固まったのを確認《かくにん》し、唇を離そうとしたら反撃《はんげき》に遭《あ》った。

「うわっ——んむ、ン、んー……っ」

ベッドに押し倒され、口づけられる。必死に押し返しながら文句を云った。

「ちょっ…何いきなり本気になってんだよ! 俺はそんなつもりじゃ……っ」

「この状況《じょうきょう》でキスされて我慢なんかできるか。やめろって云っても、もう無理だからな」

孝平は開き直りを口にし、再び口づけてくる。こじ開けられた唇の隙間《すきま》から舌を捩《ね》じ込まれると、舌同士が触《ふ》れ合い、ぞくりと背筋がおののいた。

キスは単に黙《だま》らせる手段だったはずなのに、衝動《しょうどう》にスイッチが入ってしまったようだ。いまさら孝平を止めることは難しいだろうし、すでに湊の理性も危《あや》うかった。

「んぅ、ん……」

後ろめたさがないと云《い》ったら嘘《うそ》になるけれど、躊躇《ためら》いなどもう無意味だ。

甘い感覚をもっと味わいたくて、深く舌を絡《から》めていく。舌先を吸い上げ甘嚙みしようとしてくる孝平からするりと逃《に》げては、角度を変えて何度も口づけ直した。

深い口づけと髪を梳《す》く指の感触《かんしょく》が心地《ここち》いい。

「……ん……」

「やばい、キスだけでイカされそう」

情欲《じょうよく》に瞳《ひとみ》を潤《うる》ませ、苦虫《にがむし》を嚙み潰《つぶ》したような顔をする孝平を笑う。

「じゃあ、期待に応《こた》えてイカせてやろうか？」

「勘弁《かんべん》してくれ、洒落《しゃれ》にならないって。少しはカッコつけさせろよ」

どんなに大人びていても、色事の経験値は湊のほうが上だ。直《じき》にそれすら敵《かな》わなくなりそうだけれど、いまはまだ主導権を握《にぎ》っていたい。

（そういう可愛《かわい》いこと云ってると苛《いじ》めてやりたくなるんだよな）

湊は口の端《はし》を上げて思わせぶりに微笑《ほほえ》みかける。本当は余裕《よゆう》など欠片《かけら》もないけれど、湊だって年上ぶりたいのだ。

「何だ、この間のお返しにしてやろうと思ったのに」

そう云いながら自分の唇を指でなぞると、孝平は目を瞠《みは》った。

「それって——」

ごくりと喉《のど》を鳴らした孝平の隙《すき》をついて素早《すばや》く体勢を入れ替《か》える。そして、組み敷《し》いた孝平の上で体をずらし、目的のものが見下ろせる位置に移動した。

「苦しいだろ、これ」

「……ッ」

そこを指先で突《つつ》くと、孝平は下肢《かし》を硬直《こうちょく》させた。すでに可哀想《かわいそう》なくらい張り詰《つ》めていて、ファスナーを下ろすのがキツそうだ。

「湊、そんなことしないでいいって」

「何で？　お前だってしただろ。口でされるのに抵抗《ていこう》があるわけ？」

焦《あせ》る様子が面白《おもしろ》くて、唇の端を持ち上げて笑う。

「そうじゃないけど、そうじゃなくて……うわ、ダメだって、湊、待っ……！」

「ダメと云われると燃えるな」

孝平のジーンズの前を開いて下着を引っ張ると、熱を持って脈打つ昂《たか》ぶりが現れた。指を絡めてそっと擦《こす》っただけで、孝平は眉根《まゆね》を寄せて小さく呻《うめ》いた。その反応に気をよくし、湊は体を屈《かが》めて顔を寄せる。

半身を起こした孝平の視線を意識しながら、根本から裏側の筋を舐《な》め上げると、張り詰めた屹立《きつりつ》がぴくりと震《ふる》えた。

「……う……」

体液の滲《にじ》む先端《せんたん》を吸い上げると、孝平は嚙み殺したような声を漏《も》らす。どうやら、歯を食い縛《しば》って、快感に耐《た》えているようだ。

「声、出せばいいのに」

「バカ、喋《しゃべ》るなよ……っ」

唇を触れさせながら云うと、焦った様子で睨《にら》んでくる。発声したときの振動《しんどう》ですら感じてしまうのだろう。その顔が可愛くて、もっと苛めたくなった。

根本の膨《ふく》らみを指であやしながら、孝平の昂ぶりを口に含《ふく》む。窪《くぼ》みを舌先で抉《えぐ》り、括《くび》れを唇で締めつけてやると、また少し質量を増した。

激しく脈打つそれに指を絡め、上下に擦る。舐め溶《と》かそうとするかのように舌をねっとりと這《は》わせ、時折吸い上げてやると、孝平は徐々《じょじょ》に呼吸を荒《あら》くしていった。

「気持ちいい？」

「……よすぎて死にそう」

掠《かす》れたその声に湊の体も昂揚《こうよう》し、触られてもいない中心がずくりと疼《うず》く。自分のものを慰《なぐさ》めたくなる欲求《よっきゅう》を抑《おさ》え、その代わりに孝平の欲望《よくぼう》を高めることに集中した。

「湊、やばい……っ」

音を立てて吸い、指でキツく擦っていると、孝平が焦り出した。

「え？」

「もう出る、離…せ……っ」

「おい、ちょっと待った」

湊が焦ったところで、孝平の衝動を抑えることはできない。手で受け止めようとしたけれど間に合わず、欲望が顔に爆《は》ぜた。白濁《はくだく》が飛び散り、頬《ほお》を生暖かい感触が伝い落ちていく。

「ご、ごめん！」

堪《こら》えきれずに熱を爆ぜさせた孝平は慌《あわ》てて体を起こして謝ってきた。湊は濡《ぬ》れた唇《くちびる》を舌で舐め取り、汚《よご》れた頬をTシャツの裾《すそ》で拭《ぬぐ》う。

「早すぎんだろ。もう少し我慢《がまん》しとけよ」

わざと冷ややかに告げると、恨《うら》めしげな眼差《まなざ》しを向けられた。

「無茶《むちゃ》云うなよ、だからダメだって云ったのに……」

孝平の拗《す》ねた口調につい吹《ふ》き出してしまう。すると、ますますむくれた顔になった。

「冗談《じょうだん》だよ。上出来だって」

「どこ行くんだよ」

ベッドを降りた湊の背中に慌てた声が飛んでくる。

「バカ、そのままじゃ痛いだろ。上と下、どっちがいい？」

孝平が置いていったローションを取ってベッドへ戻《もど》り、二《に》択《たく》を迫《せま》った。

「え？　そりゃ、上のほうが……」

「じゃあ、俺が上。お前はそのまま寝《ね》てろ。今日は俺が全部してやるから」

「は？」

湊はぽかんとした顔の孝平の肩《かた》をトンと押してベッドに倒《たお》すと、手早く下衣を脱《ぬ》ぎ去り、孝平の腰《こし》を跨《また》ぎ直した。Tシャツで隠《かく》れた自身はすでに猛《たけ》って張り詰めている。

「焦っただろ、自分がヤられるのかって」

「……っ」

湊はローションを手に取り、後ろ手で自分の足の間に塗《ぬ》りつける。とろりとした液体の冷たさに一瞬《いっしゅん》体を竦《すく》ませたけれど、狭間《はざま》を指が往復しているうちに体温に馴染《なじ》んでいく。

「んっ」

指先を飲み込んだ瞬間、びくりと腰が震えた。それまで黙って見ていた孝平が、おずおずと問いかけてくる。

「……俺も触っていい？」

「もう忘れたのか？　お前に全部やるって云っただろ」

許可など取る必要はないと暗に云ってやると、湊が慣らしているその場所に指を伸《の》ばしてくる。そして、入り口を何度か撫《な》でたあと、指を強引《ごういん》に押し込んできた。

「あ……ッ」

「うわ、すげぇ柔《やわ》らかい」

反射的に指を締《し》めつけてしまったけれど、孝平はかまわず中を探《さぐ》ってくる。丸く円を描《えが》くように動き、狭《せま》い器官を押し広げようとしている。

「ん、ぅ……んんっ」

自らの指を含んだまま、指を抜《ぬ》き差しされる感触に粘膜《ねんまく》が小刻みにひくつく。触《ふ》れられていない自身からは、いつの間にか雫《しずく》が溢《あふ》れ出していた。

先端がTシャツに擦《こす》れる微《かす》かな刺激《しげき》にさえ感じてしまう。全身の神経が嘘みたいに鋭《するど》くなっていて、首筋に当たる吐息《といき》すら湊の肌《はだ》をざわめかせた。

「も、いい、指抜け」

「でも、まだキツいだろ」

「俺がいいって云ってんだから、いいんだよっ」

まだ解《ほぐ》しきれていないことはわかっていたけれど、早く孝平が欲しかった。逸《はや》る気持ちを抑えながら自ら腰《こし》を浮《う》かして指を引き抜く。

そして、掻《か》き回されたせいでひくついているその場所に、孝平の昂ぶりを宛《あて》がった。

「……っ！」

触れた熱さに小さく息を呑《の》む。期待と不安を抱《いだ》きながら腰を落としていくと、先端は容易に入り込んできた。だが、性急に体を繋《つな》げたせいで、その先は思ったとおり苦しかった。

「……く……」

「バカ、無理すんなって」

「黙《だま》ってろ、ん……っ」

力を抜きながら体重をかけていき、どうにか全《すべ》てを受け入れた。

膝《ひざ》に力を入れ、屹立を呑《の》み込んだ腰を動かそうとしても、ぎちぎちに締めつけた内壁《ないへき》はなかなか緩《ゆる》まない。

「湊、大丈夫《だいじょうぶ》か？」

「大丈夫、すぐ、慣れる」

内臓を押し上げられるような圧迫《あっぱく》感は否《いな》めない。けれど、その感覚がリアルに孝平と一つになっているのだと教えてくれている。それが嬉《うれ》しかった。

「俺、どうすればいい？」

「好きなとこ触《さわ》って。孝平に触られると安心する」

「いまは興奮してもらわないと困るんだけど」

唇を尖《とが》らせる孝平に笑いを誘《さそ》われて肩を震わせていると、つられるようにして孝平も笑い出した。

くすくすと笑う唇を啄《ついば》まれながら、脇腹《わきばら》を撫で上げられる。服の上から胸の先に指が触れ、硬《かた》く尖っていたそこを押し潰《つぶ》すように捏《こ》ねられた。

「ん……っ」

布地に皮膚《ひふ》が擦れる感触《かんしょく》をもどかしく思っていると、やがてシャツの裾から孝平の手が潜《もぐ》り込んできた。

薄《うす》っぺらい胸を手の平で揉《も》まれ、一瞬脳裏《のうり》に不安が過《よぎ》った。

「やっぱり、膨らんでたほうがいいか？」

「そんなのわかんねーよ、女の触ったことないし。触りたいとも思わないけど」

孝平は真顔で答えながら、Tシャツを大きく捲《まく》り上げた。弄《いじ》り回されて腫《は》れぼったくなった乳首《ちくび》に口元を寄せる。赤い粒《つぶ》が舌の上で転がされる卑猥《ひわい》な光景から目が離《はな》せない。

「ぁ、や……っ」

孝平の頭を掻き抱き、甘い感覚に吐息を零《こぼ》す。

「ここって男は普通《ふつう》そんなに感じないよな？　何でそんなに敏感《びんかん》なの？」

「それ、は……」

一瞬、ぎくりとしたのは、過去の記憶《きおく》が蘇《よみがえ》ってきたからだ。

高杉と関係を持っていたとき、そこばかりを責められることがよくあった。感じやすくなってしまったのは、そのせいだろう。

湊の苦い表情を見てとったのか、孝平は自分から問いかけを取り消した。

「いいや、云《い》わなくて。聞いたら、湊に八つ当たりして酷《ひど》いことしそうだし」

いっそ、いままでの経験を全て思い出せなくなるくらい、酷くして欲しい。この体に刻む記憶は一人だけで構わない。

「……いいのに」

「何？　いま、何て――」

「酷いことしてもいいのにって云ったんだよ」

はっきりと告げると、くわえ込んでいた孝平の欲望《よくぼう》がまた大きくなった。そのわかりやすい反応に、胸がまた大きく高鳴る。

「バカ、初心者相手に煽《あお》るなよ。こっちはいっぱいいっぱいだってのに」

「だから、俺相手に見栄《みえ》張っても仕方ないって云ってるだろ」

「湊以外のやつの前でカッコつけても意味ねーよ」

孝平は湊の唇に吸いつき、舌を搦《から》め捕《と》る。その舌先を甘嚙《あまが》みされて、喉《のど》の奥が小さく鳴った。

「んぅ…っ、ぁ、んん」

上顎《うわあご》をなぞられ、ぞくぞくと背筋が震《ふる》える。口の中で蠢《うごめ》く舌は、まるで別の生き物のようだ。

「こっちも触って……っあ！」

キスの合間に孝平の手を導き、自身に触れさせる。大きな手の平に包み込まれ、湊は小さく息を呑んだ。先走りの溢れる先端《せんたん》をぬるぬると擦《こす》られると、勝手に腰が揺《ゆ》れる。

キスを交《か》わしながら愛撫《あいぶ》を繰《く》り返されているうちに、下肢《かし》からも力が抜けてきた。孝平の昂《たか》ぶりへの締めつけも緩み、内壁と擦れ合う。

「ん、んん、ぅ」

ゆっくりと体を揺らすと、くわえ込んだ塊《かたまり》が中で動く。粘膜が擦られる感覚に、尾《び》てい骨から背筋にかけて電流に似た痺《しび》れが走り抜けた。

湊は昂ぶりに絡《から》みついた指が上下するのに合わせて腰を動かし、より深い快感を得ようとする。口づけの角度が変わるたびに甘ったるい声が押し出された。

「あ、んっ、あ……っ」

孝平は湊の腰を掴《つか》み、下から突《つ》き上げてくる。押し出される嬌声《きょうせい》は呼吸が荒《あら》くなるにつれて、一層艶《つや》を増していった。

「んっ、あ、ぁあッ」

「なあ、湊、どこがいいのか教えて」

「そんなの、知るか……っ」

教えるも何も、孝平が触れている部分はどこも酷く感じてしまう。孝平に抱かれたことで、体を作り替《か》えられてしまったかのようだ。

「わかった。じゃあ、勝手に探す」

「え？　あっ……」

腰《こし》を抱《だ》き寄せられたかと思うと、そのままベッドに押し倒《たお》された。体を繋げたままお互《たが》いの位置が入れ替わり、中で当たる場所も変わる。

孝平は腿《もも》を摑んで足を押し上げ、膝頭《ひざがしら》にキスをしてきた。その柔《やわ》らかな感触に気を取られていたら、律動が再開した。

「やっ、あ、あ……っ」

シーツに背中を押しつけられ、貪《むさぼ》るように腰を穿《うが》たれる。抽挿《ちゅうそう》で起こる摩擦《まさつ》が熱と快感を生み出し、湊の体を芯《しん》から溶《と》かしていった。

勝手に探すという言葉どおり、孝平は少しずつ角度を変えて突いてくる。そして、一際《ひときわ》高い声を上げた場所を執拗《しつよう》に責め立ててきた。

「湊、ここいいんだ？」

「あぅ、そこ、や……っ」

「何かすごいな。湊、こないだより感じてる？」

「知るか……っ、あぁッ、あ、んぅ…っ」

屹立《きつりつ》に掻き回されている場所がぐちゅぐちゅと音を立てている。蕩《とろ》けたそこは小刻みにひくつきながら、孝平の昂ぶりを締めつけ、放そうとしない。

「湊、すげーエロい」

「うるさい…っ、黙ってろ、あっ、あ……！」

「湊の中、熱くて溶けそう」

熱に浮《う》かされた声音《こわね》で囁《ささや》かれ、鼓膜《こまく》さえ蕩けてしまいそうになる。これ以上名前を呼ばれたら、それだけで達してしまいかねない。

「黙れって……っあ、ぅ、ん」

腕《うで》を伸《の》ばして孝平の首にしがみつくと、ひっきりなしに喘《あえ》いでいた口をキスで塞《ふさ》がれた。

「んむ、んん」

嬌声はくぐもった音に変わり、唾液《だえき》の絡む水音が響《ひび》く。荒々《あらあら》しく口腔《こうこう》を掻《か》き回す舌を吸い上げると、逆に搦め捕られて嬲《なぶ》られる。

孝平は技巧《ぎこう》など何もなく、ただ本能に突き動かされるようにして湊を求めてくる。壊《こわ》れてしまいそうなくらい荒々しい律動に、高みへと追い上げられた。

「孝平…っ、も、いく…っ」

「俺も」

湊はびくびくと震える欲望から全てを搾《しぼ》り取るかのように、キツく締《し》めつける。孝平は息を詰《つ》め、湊の最奥に熱を叩《たた》きつけた。

肩《かた》を上下させて荒い呼吸を落ち着かせていると、孝平は薄く開いた唇《くちびる》を啄んでくる。そのくすぐったい感触《かんしょく》に引きかけていた熱がまた戻《もど》ってきた。

「体、辛《つら》くない？」

「辛いに決まってんだろ。重いし、足痛いし」

「ご、ごめん」

「バカ、終わりにしていいなんて云ってない」

「へ？」

体を起こそうとした孝平の首に手をかけ、逆に引き寄せる。ついでとばかりに胴《どう》に足を絡め、誘《さそ》うように腰を擦り寄せた。

「責任取って、最後までつき合えよ」

囁きを吹《ふ》き込んで、耳朶《みみたぶ》に歯を立てる。一瞬《いっしゅん》にして、孝平の理性は掻き消えた。


ふと、夜中に目が覚めた。

狭《せま》いシングルベッドでは、孝平が規則正しい寝息《ねいき》を立てている。カーテンの隙間《すきま》から差し込む月明かりに照らされたその寝顔に、無意識の笑《え》みが零れた。

絡みつく腕をそっと外して、ベッドを抜《ぬ》け出す。眠《ねむ》っている孝平を起こさないよう静かに窓を開け、夜風に当たるためにベランダに出た。

「あーあ……」

手摺《てす》りに肘《ひじ》をつき、輝《かがや》く月を見上げて、悩《なや》ましいため息をつく。

こんなはずじゃなかったのに、結局は負けてしまった。負けた相手は自分なのか、孝平なのかはわからないけれど。

いま幸せかと問われたら、自信を持ってイエスと答えられる。だが、幸福感の中に滲《にじ》む苦さは一生消すことはできないだろう。

「湊?」

呼びかけられ、はっとなる。いつの間にか、孝平が起きてきていた。

「あ、悪い。起こしたな」

「眠れない?」

「いや、目が覚めたから、夜風に当たろうかと思っただけ」

口先でごまかした湊に、孝平はストレートな質問をぶつけてきた。

「後悔《こうかい》してる?」

「……さぁな」

湊はそう云《い》って、静かに笑った。

孝平はそれ以上追及《ついきゅう》することはなく、黙《だま》って湊の隣《となり》に並んだ。同じように夜空を見上げ、しばらくしてからぽつりと呟《つぶや》くように云った。

「なあ、湊。俺が流れ星にした願いごと、教えてやろうか?」

「願いごと? ああ、あのときのか」

二人で見た流星群。幼い孝平が何事かを強く願っていたことはよく覚えている。

あのときは、どんな願いごとをしたのかと訊《たず》ねても絶対に教えてくれなかったのに、どういう心境の変化だろう。

「『湊が僕のことを好きになってくれますように』って」

「……は？」

「七夕の短冊にも書いたし、初詣《はつもう》で絵馬《えま》にも書いたな。幼稚園《ようちえん》のときにクリスマスに欲しいものに『湊』って書いたら、先生にそれは好きな人の名前でしょうって注意された」

「なっ……」

初めは啞然《あぜん》とし、あとからじわじわと恥《は》ずかしさが込み上げてくる。呆《あき》れてものも云えないというのは、こういう状況《じょうきょう》を云うのだろう。

「年季の入った片想《かたおも》いだろ」

自慢《じまん》げに告白する孝平に対抗《たいこう》意識が働き、思わず口を開きかけた。

「俺だって――」

途中《とちゅう》で思い止《とど》まり、口を噤《つぐ》む。こんなことを云ったら、孝平をつけ上がらせるだけだ。初めて会ったときから好きだったなんて、死んでも云ってやるものか。

「何だよ、何云おうとしたんだよ？」

「秘密だ。そうだな、死ぬ前には教えてやるよ」

何もかも知られてしまっている関係だからこそ、秘密が一つくらいあってもいいだろう。

湊は不満げな声を上げる孝平をベランダに残して部屋に戻り、明日の勤務に備えて再びベッドに潜《もぐ》り込んだ。

兄貴のくせに意地っ張り！

ANIKI NO KUSENI IJIPPARI!

1

「おかえり、湊！」

内側から開かれたドアの向こうから、弾《はず》んだ声が聞こえてくる。満面の笑みで出迎《でむか》えてくれたのは、義理の弟の孝平だった。

「ただいま」

いまにも飛びつきたいのを我慢《がまん》しているといった様子のエプロン姿の孝平に、思わず内心で苦笑《くしょう》する。脱《ぬ》いだスニーカーを揃《そろ》えるふりで、緩《ゆる》みそうになる口元を隠《かく》した。

人目につくような場所で怪《あや》しまれるようなことはしない――その約束を忠実に守っているつもりなのだろうが、表情から心の声が漏《も》れている。

いつもそれが気にかかるのだが、指摘《してき》したところで無意識の行動は気をつけようがないだろうと諦《あきら》めていた。

(あんまり意識しすぎても怪しいしな)

過度な接触《せっしょく》をしなければ、元々仲のいい兄弟だったのだから、とくに不審《ふしん》がられることはないだろう。

こんなふうに湊が気を遣《つか》っているのは、血の繋《つな》がらない兄弟だから世間体《せけんてい》を気にしているというわけではない。

少し前から、孝平といわゆる『恋人《こいびと》』と呼ばれるような関係になったからだ。

恋人という呼び方には少し違和感《いわかん》があるけれど、お互《たが》いに想い合い、体の関係もあるのだから、一般的《いっぱんてき》にはそう称《しょう》されるのが妥当《だとう》なのだろう。

いくら血が繋がっていなくても、兄弟でこんな関係になるのは間違《まちが》っている。頭ではそう考えていても、気持ちは抑《おさ》えきれなかった。

自分は孝平が欲しかったし、孝平も湊を求めた。

衝動《しょうどう》に抗《あらが》うことも、自らの感情を偽《いつわ》ることもできなかった。だからといって、無責任に自分たちの幸せだけを考えているわけにはいかない。

わがままを貫《つらぬ》いてしまったのだから、せめて誰《だれ》にも迷惑《めいわく》はかけないよう、二人の関係は隠し通そうと話し合った。

理解してもらいたい人たちもいるけれど、少なくともいまは話せる時期じゃない。

（それに――）

もしも、孝平が終わりにしたいと云《い》い出したときは、黙《だま》ってそれを受け入れるつもりでいる。

孝平のいまの気持ちを疑うつもりはないけれど、未来がどうなるかなど、誰にもわからないのだから。

だが、いざそうなったとき、自分とのつき合いが表沙汰《おもてざた》になっていたら汚点《おてん》になってしまう。

何があろうと孝平の望む未来の障害にはなりたくない。

(こんなこと考えてるなんて知られたら、絶対怒《おこ》られるだろうな)

俺のこと信じてないのかよ！——そう語気を強めて云う姿がありありと想像できる。

でも、これは信じる信じないの次元の問題じゃない。誰よりも大事な存在だからこそ、将来の数パーセントの可能性も守っておきたいのだ。

そんな湊の心のうちを知ることなく、無邪気《むじゃき》に問いかけてくる。

「風呂《ふろ》とメシ、どっち先にする？」

「腹減ったからメシ食わせて。もしかして、カレー？」

部屋の奥から漂《ただよ》ってくる香《かお》りから、夕食のメニューに当たりをつけた。美味《おい》しそうな匂《にお》いが空っぽの胃を刺激《しげき》する。

「うん、今日のは自信作だぜ」

「え、お前が作ったのか？」

「他《ほか》に誰がいるんだよ」

「いや、義母《かあ》さんが作ったのを持ってきたのかと……」

最近、やけにエプロン姿が板についてきたと思ったら、義母に料理を習ったりしているらしい。義母の作った惣菜《そうざい》を届けてくれるだけでなく、手料理まで披露《ひろう》してくれるようになった。

受験生なんだから勉強しろと云っているのだが、はいはいと云うばかりで人の話を聞いているのかどうかわからない。

「料理ができるようになるのはいいけど、お前、最近ちゃんと勉強してるのか？」

「してるって。母さんから『成績落としたら湊んとこ遊びに行くの禁止』って云われてるから、真面目《まじめ》にがんばってるんだぜ」

「バカ、勉強は自分のためにするもんだろ！」

「もちろん、俺のためだけど？　俺が湊に会いたいからがんばってるんだよ。湊、自分のためだと思ったんだ？」

「……ッ」

無意識に出た本音を鋭《するど》く指摘され、声を詰《つ》まらせる。孝平は年下のくせに、駆《か》け引き慣れしているようなところがあり、たまにこうして浮《うわ》ついた足下《あしもと》を掬《すく》われる。

そうして、なかなか『好き』という言葉を口にしない湊に、はっきり云うよう迫《せま》ってくるのだ。以前なら何とかごまかせたことでも、いまはすぐに動揺《どうよう》を見せてしまう。

すでに気持ちを知られている以上、素知らぬ顔をすればするほど見栄《みえ》を張っていると思われそうだし、かといって素直《すなお》に認められる性格でもない。

結局、どっちつかずな態度で狼狽《うろた》えてばかりだった。

「そんなに俺に会いたいって思ってくれてたんだ。すげー嬉《うれ》しい」

「そっ……別に俺は……っ」

やはり、否定すればするほど墓穴《ぼけつ》を掘《ほ》っていっている気がする。にこにこと見つめてくる孝平の眼差《まなざ》しを避《さ》けるように、湊はぷいと顔を背《そむ》けた。

(……会いたいに決まってんだろ、バカ)

できることなら一分でも、一秒でも長く一緒《いっしょ》にいたい。いま考えると、孝平の留学中、二年も離《はな》れていられたことが信じられない。

あの頃《ころ》はできる限り孝平のことを考えないよう、無理矢理《むりやり》仕事にのめり込んでいた。あと何日、などと考えると余計恋《こい》しくなってしまうため、はっきりした期日も聞かずにいたくらいだ。

いまはちょくちょく顔を合わせることはできるし、月に二回は週末に休みを合わせられる。けれど、それだけでは物足りないのが正直なところだ。

デートもしたいと思わなくはないが、兄弟で頻繁《ひんぱん》に出かけるのもヘンに思われそうで怖《こわ》い。そうなると結局、家で過ごすことで落ち着いてしまう。

湊としては二人でいられるだけで充分《じゅうぶん》だけれど、孝平はどうなのだろう。遊びたい盛りに、家に籠《こ》もってばかりでつまらなくないだろうか?

警察官の仕事は時間が不規則なため、会う時間を増やすには孝平に都合をつけてもらうしかない。結果的にこの部屋で待っていてもらうことが多く、残業が長くなれば、待ちぼうけを食わせたまま数日会えないというときもある。

「――ごめんな、いつも」

「え、何だよいきなり」

申し訳なさから思わず謝罪を口にすると、孝平は驚《おどろ》いて目を瞠《みは》った。唐突《とうとつ》すぎただろうかと、急いで云い訳をつけ加える。

「いつも待たせてばっかりだなと思ってさ。ここで俺のこと待ってないで、友達と遊びに行ってもいいんだぞ」

年上ぶって云う湊に、孝平は小さく吹《ふ》き出した。

「勉強しろって云ったり遊びに行けって云ったりややこしいな。俺は好きで待ってるんだからいいんだよ。他に行きたいとこもないし、待ってる間は勉強してるし。どうしたんだよ、急に不安になった？」

孝平は湊の目を覗《のぞ》き込み、頬《ほお》をそっと撫《な》でてくる。孝平の気持ちには揺《ゆ》らぎがない。こうやってまっすぐな瞳《ひとみ》を見ていると、たまに孝平が遥《はる》かに年上の存在のように感じるときがある。

「別に不安ってわけじゃない。ちょっと気になっただけだ」

わざとぶっきらぼうに云いながら、孝平を押《の》し退けてキッチンの奥の部屋へ行く。

食事をするために置いてあるローテーブルには参考書やノートが広げられていた。孝平の申告どおり、勉強しながら湊の帰りを待っていたようだ。

「本当に勉強してたんだ。偉《えら》いじゃゃ——うわっ、何すんだよ！」

褒《ほ》めてやろうとしたら、いきなり背後から抱《だ》きつかれた。腰《こし》に腕《うで》を回され、肩《かた》に顎《あご》が載《の》せられる。

「別に。湊に触《さわ》りたくなっただけ」

「離せよ、重いだろ…っ」

「マジで可愛《かわい》すぎる。湊って、そうやって無自覚に誘惑《ゆうわく》するから困るよな」

「ゆ、誘惑なんかしてないだろっ」

肩口でため息をつく孝平に反論する。いまの会話を振《ふ》り返ってみても、誘惑という言葉が当てはまるような言動をした覚えはない。

「だから無自覚だって云ってんだよ。もう、ホントに質悪《たち》い」

腰に回されていた手がシャツの下に潜《もぐ》り込んでくる。孝平は湊の体をまさぐりながら、項《うなじ》や首筋に唇《くちびる》を押し当ててきた。

「こ、こら、メシ食わせてくれるんじゃなかったのか⁉」

「先に湊が食べたい」

「……っ」

耳朶《みみたぶ》を齧《かじ》られ、ぞくりと背筋に震《ふる》えが走った。そのまま、やわやわと甘噛《あまが》みされ、何とも云えない感覚が腰の奥から湧《わ》き上がってくる。

「おい、ちょっ、やめ……っ。腹減ってるって云っただろ…！」

「運動したあとのほうがメシ美味《うま》いって」

「そういう問題、じゃ……っあ」

腹部を撫で回していた右手が徐々《じょじょ》に上のほうに移動してきたかと思うと、胸の尖《とが》りを抓《つね》るように摘《つ》まれた。

押し潰《つぶ》すように捏《こ》ねられ、甘さを帯びた痛みを覚える。下腹部に感じる疼《うず》きを意識して身動《みじろ》げば、耳元に吐息《といき》がかかるよう話しかけてくる。

「待たせて悪かったって思ってんなら、ご褒美《ほうび》もらってもいいだろ？　躾《しつけ》には飴《あめ》と鞭《むち》って云《い》うじゃん」

「お前な――あっ、こら、そんなとこ舐《な》めんな！　や、ぁ、あ……っ」

耳の中に舌を差し込まれ、濡《ぬ》れた音が卑猥《ひわい》に響《ひび》く。翌日に仕事や学校がある日は何もしないことも多いのに、今日はやけに強引《ごういん》だ。

「へえ、耳も感じるんだ。赤くなってる」

「わかった、わかったから！　逃《に》げないから、先に風呂に入らせろよ。走ってきたから汗臭《あせくさ》いんだって」

気持ちを落ち着けて余裕《よゆう》を取り戻《もど》したい。けれど、孝平はそれすら許してはくれなかった。

「どうせまた汗《あせ》掻《か》くんだから、あとで入ればいいだろ。それとも、一緒に入る？」

「ん…っ、一緒は、ダメ、だ……っ」

「何で？　いいじゃん、体洗ってやるのに」

「それだけで、すまないだろっ……あ、ン」

一度、どうしてもと押し切られて一緒に入ったけれど、調子に乗った孝平に体中弄《いじ》り倒《たお》され、とんでもない目に遭《あ》った。あのときは疲《つか》れるし、逆上《のぼ》せるし、散々だった。

「だって、あれは湊が反応するから悪いんだろ。風呂場《ふろば》であんな声出されたら、我慢《がまん》できなくなるに決まってる」

「お前があんなふうに弄るからだろ……！」

「あんなって、こんなだっけ？」

「あ…っ、あ、んっ……」

記憶《きおく》をなぞるかのような手つきで愛撫《あいぶ》され、快感が増幅《ぞうふく》する。口答えすることもできず、ただ立っているだけで精一杯《せいいっぱい》になってきた。

「湊、こっち向いて」

「ん、ぅん……っ」

呼びかけに応《こた》えると、予想どおり口づけが待っていた。

これ以上抗《あらが》っても意味はない。湊は濃厚《のうこう》なキスを受け止めながら体を捩《よじ》り、孝平の首に腕を回した。

吸い上げられる唇はジンと痺《しび》れ、捩《ね》じ込まれた舌に口腔《こうこう》を探《さぐ》られると腰の奥がずくりと疼く。そんな湊の反応を知ってか、孝平は忙《せわ》しい手つきでベルトを外そうとしてくる。緩《ゆる》んだウエストから手を差し込まれそうになり、性急に求めてくる孝平をやんわりと制止した。

「……ここじゃ落ち着かないだろ？」

吐息混じりに囁《ささや》き、せめてベッドに行きたいとねだる。すると、掬《すく》うように抱き上げられ、ピンと張ったベッドカバーの上に下ろされた。

のしかかってくる体は熱く、太腿《ふともも》に当たる感触《かんしょく》はすでに硬《かた》い。かく云う湊のほうも、似たり寄ったりの状況《じょうきょう》だが。

「もう『待て』はなしだからな」

「わかってるよ」

もどかしそうにしている孝平の髪《かみ》を乱暴に掻き混ぜ、頭をぐいと引き寄せる。湊から触《ふ》れさせようとした唇は、待ちきれなかった孝平に先に奪《うば》われてしまった。

忙しく服を脱《ぬ》がせ合っているうちに、空腹だったことなど忘れてしまった。

2

「今日も騒《さわ》がしいなぁ」

「本当に」

夜間パトロールで駅前のコンビニまで足を延《の》ばすと、案の定、未成年の男の子たちがたむろしていた。

「夜になると淋《さび》しくなるんだろ。ちょっと声かけてくる」

彼らの顔はしょっちゅうこの辺で目にしている。私服を着ているが、孝平より下の年代だろう。周りの目を気にすることなく大声で喋《しゃべ》り、笑い合っていた。

「お前ら、いつまでこんなとこいるんだ。明日も学校だろ？　早く帰りなさい」

「え～まだ十時前じゃん。親だって別に心配してないだろうし」

彼らは口々に文句を云ってきた。街に潜《ひそ》む危険が自分の身に降りかかることはないと高を括《くく》っているのだろう。

「俺が心配なんだよ。事件に巻き込まれたりしたらどうするんだ」

もし、孝平が危ない目に遭ったりしたらと思うだけで不安が込み上げてくる。体格は大人と変わりなくても、子供は素直《すなお》で騙《だま》されやすい。どんなに虚勢《きょせい》を張っていても、甘言《かんげん》に惑《まど》わされないとは云いきれない。

親身になってしまうのは、孝平と被《かぶ》るからだろう。湊があまりに不安げな表情をしたせいか、全員居心地《いごこち》の悪そうな顔になった。

「おい、そんな顔すんなよ……。わかったよ、帰ればいいんだろ、帰れば」

「気をつけて帰れよ。怖《こわ》い目に遭ったら一一〇番するんだぞ」

今日は珍《めずら》しく素直に従ってくれるようだ。ほっとして笑《え》みを浮《う》かべると、ますます気まずそうな顔をする。

「ガキじゃねぇんだから大丈夫《だいじょうぶ》だよ！」

近くに停《と》めてあった自転車に跨《また》がり、方々に散らばるようにして帰っていく。その姿を見送っていると、同僚《どうりょう》が声をかけてきた。

「さすがだなぁ。ああいう奴《やつ》らもお前の云うことは大人しく聞くんだよな」

「弟と同じくらいの世代だからじゃないですか？　突《つ》っ張って生意気な口きくときって、構って欲しいだけなんですよね」

拗《す》ねて見せるのは機嫌《きげん》を取って欲しいから。結局は大人も子供も淋しくなると、誰《だれ》かに甘えたくなるのだ。

「そういや、弟は元気にしてるか？」

「ええ、元気ですよ。受験生だから勉強漬《づ》けになってると思います」

断定できないのは、このところ孝平とゆっくり話をすることがないからだ。朝、登校する前に交番を覗《のぞ》きに来ることはあるけれど、湊の家には来なくなった。

先日も、やっと週末に合わせることができた休みの予定を相談しようとしたら、珍しいことに「友達と一緒《いっしょ》に勉強する約束してるから」と断ってきたのだ。

その上、しばらくは二人で会えそうにないと云われ——正直ショックだった。

高校三年の二学期なのだから、本格的に受験勉強に本腰《ほんごし》を入れるのは当然のことだ。自覚が出てきたのは喜ばしいと自分を納得《なっとく》させるけれど、淋しい気持ちはごまかしようがなかった。

だが、落胆《らくたん》していることがバレたら友達との約束を取り消して、湊を優先しかねない。本音が漏《も》れないよう取り繕《つくろ》い、がんばれと応援《おうえん》した。

(あと半年の我慢だ)

そうすれば孝平も大学生になる。いまよりも時間の融通《ゆうずう》が利《き》くようになるだろう。電車通学になるだろうから、より駅に近い湊の部屋に泊《と》まることも不自然ではなくなるはずだ。

「あとはあっち一回りしてお終《しま》いだよな」

「酔《よ》っぱらいが眠《ねむ》り込んでなければいいんですけどね」

「まあ、平日だから無茶《むちゃ》な飲み方してるのはそういないだろ」

次に向かったのは、飲食店の多く並ぶ商店街だ。居酒屋以外は、すでにシャッターを下ろしている。

この辺りは評判のいいレストランも多く、都心から離《はな》れている割に週末は賑《にぎ》わっている。昔はよく両親に連れられて食事に来たものだ。

「ん？」

会社帰りの会社員などに目を配りながら歩いていた湊は、目の端《はし》に映った人影《ひとかげ》に足を止めた。

(いまのもしかして……。いや、でも、まさかな)

その人影の片割れが孝平に似て見えたのだ。

まさかと思いながらも通り過ぎた路地を戻《もど》って確認《かくにん》すると、湊の目には間違《まちが》いなく孝平の後ろ姿に見えた。陰になってはっきり見えないけれど、誰かと立ち話をしているようだ。

「何でこんなところに……」

たしか、今日は家で勉強しているとメールに書いていたはずだ。塾《じゅく》に行っているわけでもないのに、駅の近くにいる理由がわからない。

(もしかして、俺に嘘《うそ》をついて夜遊びしてるとか…？)

孝平だって友達と遊びに行きたいこともあるだろう。しかし、自分に嘘をついた上で出歩いているという事実がショックだった。

最近、口うるさく勉強しろと云《い》っていたことが鬱陶《うっとう》しかったのだろうか。それとも、湊と二人、家で過ごすことに飽《あ》きたのだろうか。

まさか、浮気《うわき》——？

一瞬《いっしゅん》、脳裏《のうり》を過《よぎ》った最悪の可能性に血の気が引く。秋口とは云え、比較的《ひかく》暖かい夜なのに、ぶるりと体が震《ふる》えた。

胸をじわじわと浸食《しんしょく》していく嫌《いや》な感覚は、嫉妬《しっと》だ。湊とは勉強を理由に会おうとしないのに、あそこにいる誰かとは楽しそうに笑っている。

愕然《がくぜん》としているうちに、視線の先にいたはずの孝平たちは姿を消していた。

「あれ？」

辺りを見回してみたけれど、もうその路地に人の姿を見つけることはできなかった。いまのが見間違《みまちが》いだったとは思えない。

湊は慌《あわ》てて携帯《けいたい》電話を取り出し、確認のために実家へ電話をかけた。

『はい、秋枝です』

「あの、義母《かあ》さん？　孝平、いま家にいますか？」

『いきなりどうしたの？　孝平ならお風呂《ふろ》に入ってるわよ。すぐ上がってくると思うんだけど、何か急ぎの用事かしら？』

「い、いえ、家にいるならいいんです。ちょっと確認したかっただけなんで……」

いま家にいると義母が云っているということは、やはりさっきのは他人の空似だったのか、それとも、初めからそこには誰もいなかったのか……。

（いや、いくら疲《つか》れてるって云っても幻覚《げんかく》ってことはないだろ）

たしかに、その場所には二人が立っていた。

『そんなことより湊くん、次はいつ帰ってくるの？』

「すみません、まだ勤務中なんです。あの孝平には俺が電話したことは云わなくていいですから」

話が長くなりそうだったので、そそくさと電話を切った。

（どういうことなんだ…？）

義母が嘘をつくとは考えられないし、風呂に入っているふりをして家を抜《ぬ》け出してくるのは不可能だろう。

首を傾《かし》げていると、先に行っていた同僚が足を止めていた湊のところへ戻ってきた。

「どうした？　何かあったか？」

「いえ、何でもないんです。すみません、ヘンな声がした気がしたんですけど、猫《ねこ》だったみたいです」

見間違いかもしれないけれど、そこに弟がいた気がしたから、とは云えず口を濁《にご》す。

「何だ、猫か。あれもたまに叫《さけ》び声みたいに聞こえて厄介《やっかい》だよな」

「そうなんですよね」

湊は作り笑いでごまかしながら、もう一度路地を振《ふ》り返り、孝平が立っていたその場所に目をやった。

(——やっぱり、気のせいだったのかな)

視力にも聴力《ちょうりょく》にも記憶《きおく》力にもそれなりに自信があるのに、孝平のこととなると、途端《とたん》に自分自身が頼《たよ》りなくなる。

「秋枝、行くぞ。何、ぼうっとしてるんだ」

「す、すみません、いま行きます」

孝平のことになるとマイナス思考になりがちなのは、湊の悪い癖《くせ》だ。同僚を追いかけながら、頭に浮かんだ想像を必死に振り払《はら》った。

3

「……もう、わけがわからない……」

湊は昨夜からずっと考えていた。夜間パトロールのときに見たのは、孝平だったのか、そうでなかったのか。

確信が持てないくせに、自分が孝平の姿を見間違うわけはないという思いも捨てられない。

しかし、義母が湊に嘘をつくとも考えられなかった。

義母の云うことを信じるなら、あのとき見たのは孝平ではなかったということになる。

（もしくは、あいつが恋《こい》しくて幻覚を見たとか？）

さすがにそれはありえない。

義母は風呂に入っていると云っていたけれど、それが勘違《かんちが》いだった可能性はないだろうか？

風呂に入ると云ってから、こっそりと家を出れば義母に気づかれずにすむことも不可能ではない。つまり、孝平のアリバイはたしかではないということだ。

「――あとは本人の供述次第《しだい》か……」

やはり、直接訊《き》いてみるべきだろう。こうやって一人で不安になっているくらいなら、ちゃんと本人と話をしたほうがいい。

曖昧《あいまい》に疑いを抱《いだ》いたままでは、孝平に対しても不誠実だ。

「……よし」

電話をかけるのに、こんなに緊張《きんちょう》したのは生まれて初めてだろう。何度も躊躇《ためら》いながら、携帯電話の発信履歴《りれき》を呼び出し、孝平のナンバーをコールした。

着信音が鳴っている間に気持ちを落ち着けようと、深呼吸をしかけたそのとき、通話が繋《つな》がってしまった。

『湊？』

「……っ、あ、うん、俺」

不自然に声が上擦《うわず》ってしまったけれど、ヘンに思われていないだろうか。心臓の高鳴りが一層激しくなってきた。

『湊から電話くれるなんて珍《めずら》しいな』

「あー、その、ちょっと話したくて」

色々と考えた割に、無難でありきたりな切り出し方だった。

『ちょうどよかった、俺も話があるんだ』

「話？　お前が？」

まさか、孝平からそんなことを云われるとは思ってもみなかった。大抵《たいてい》、自分のことは前置きなく勝手に話し出すくせに、わざわざ断りを入れるなんてどんな風の吹《ふ》き回しだろう。

『うん、これからそっち行くから待ってて』

「わ、わかった」

電話を切った途端、緊張が抜けてどっと疲れが押し寄せる。それと同時に、喩《たと》えようのない不安が込み上げてきた。

「……話ってまさか、別れ話をしてくるつもりなんじゃ」

いつか来る別れは覚悟《かくご》していたつもりだけれど、こんなに早いと気持ちの整理などつけられない。

——俺、新しく好きな人ができたんだ。

「ダメだ、いま云《い》われたら死にそう」

試《ため》しに最悪の一言を想像してみたけれど、それだけで立ち直れなさそうになった。しかし、何を云われようが、孝平に傷ついた顔など見せるわけにはいかない。

予行演習とばかりにあれこれ悪いパターンばかりを想像し、そのたびに打ちのめされていたら、いきなり携帯電話が鳴り響《ひび》いた。

「うわっ」

画面には孝平の名前が表示されている。驚《おどろ》いたせいで躊躇《ちゅうちょ》する余裕《よゆう》もなく、通話をオンにしてしまう。

「ええと、も、もしもし……」

『あ、俺。悪いんだけど、ちょっと下に来てくんない？』

「は？　何でだよ？」

『いいから、早く』

「おい、孝平!?」

急《せ》かされ、一方的に通話が切られてしまう。

「何なんだよ、いったい……」

もしかして、部屋で二人きりになりたくないのかもしれない。そんな悪い考えばかり浮《う》かべながら、重い足取りで降りていくと、孝平はマンションのエントランスに続く階段のところに座っていた。

「湊」

自分の姿を見つけた途端、花が綻《ほころ》ぶように笑った。後ろ向きなことばかり考えていた湊は、その笑顔《えがお》に拍子抜《ひょうしぬ》けする。

(何か、いつもと一緒《いっしょ》だな……)

少しだけ冷静さを取り戻《もど》し、孝平の横に見慣れない新品の自転車が停《と》めてあることに気がついた。

「どうしたんだ、それ。父さんに買ってもらったのか？」

「違《ちが》うって。これは湊の」

「は？　俺の？」

湊の愛車は痴漢《ちかん》を捕《つか》まえたときにダメにしてしまい、修理にも金がかかるため、マンションの駐輪場《ちゅうりんじょう》に放置してある。ちなみに、通勤は体力作りと称《しょう》して署まで走っている。

「俺から湊にプレゼント。乗ってた自転車壊《こわ》れたままだろ？　自転車あったほうが通勤ラクだろうと思ってさ」

「え？　え？」

「ちょっと早いけど、誕生日プレゼントってことで。あ、小遣《こづか》いじゃなくて、ちゃんとバイトして買ったんだからな」

「バイト⁉　いつそんなのしてたんだ」

さらりと云われた言葉に、湊は目を剝《む》いた。プレゼントにも驚いたけれど、何よりもバイトをしていたことに驚いた。

「ひと月くらいかな」

「いったいどこで⁉　義母《かあ》さんはそれ知ってんのか⁉」

「もちろん。母さんには許可取ったし、バイト先も真浩んちのレストランの皿洗いだから。たまに人手足りなくてウェイターっぽいこともやったけど」

「え、義母さんも知って……」

真浩というのは、孝平の幼なじみの同級生だ。そういえば、家はレストランをやっているというのを聞いたことがある気がする。

「うん、湊にバレないように口裏合わせてもらったし」

「口裏……。だから昨日、風呂《ふろ》に入ってるって云ったのか……」

判明した事実に、へなへなと体の力が抜《ぬ》けていく。

しばらく顔を見せなかったのは、ずっとバイトをしていたから。怪《あや》しい素振《そぶ》りがあったのは、湊を驚かせるため。

よく考えたら、あの場所は飲食店の建ち並ぶ商店街の脇《わき》の路地だ。孝平が話をしていた相手は、その幼なじみだったのだろう。

「帰って母さんから湊から電話あったって聞いて、マジで焦《あせ》った。せっかく驚かそうと思って隠《かく》してたのに、あんなとこで見つかったら台なしだもんな」

「何だ、俺はてっきり……」

云いかけて、口を噤《つぐ》む。友人相手にヤキモチを焼いて、疑っていたなんて知られたら恥《は》ずかしいし、みっともない。

(よかった、ヘンなこと訊く前に本当のことがわかって……)

孝平から別れたいと切り出されるくらいなら、いっそ自分から云ってしまおうかとまで思い詰《つ》めていた。そんなことを口にしていたら、もっとややこしいことになっていただろう。

安堵《あんど》と自己嫌悪《けんお》で脱力《だつりょく》していると、孝平が拗《す》ねた口調で訊いてくる。

「何だよ、嬉《うれ》しくないのかよ」

思っていた反応と違ったのだろう。たしかにこれでは、喜んでいるようには見えない。

孝平の好意を無下にするつもりはないし、気持ちは嬉しかったため、慌《あわ》てて取り繕《つくろ》う。

「嬉しいに決まってんだろ！　ただ、その、心配だったって云うか……」

「心配？　何の心配があるっていうんだよ」

「だって、全然ウチに来ないし、あんな場所で見かけるし」

「俺が浮気《うわき》してるとでも思った？　それとも、自然消滅《しょうめつ》しそうで怖《こわ》かった？」

「そ、そういうわけじゃ……っ」

図星を指され、視線が揺《ゆ》れる。フォローしようとしていたのに、こんなふうに動揺《どうよう》したら余計怪しまれてしまう。

どう云えば丸く収まってくれるのだろうかと必死に考えている湊に、孝平は思わせぶりな笑みを浮かべて云った。

「つまり、俺に会えなくて淋《さび》しかったってことか」

「別に俺は…っ」

咄嗟《とっさ》に孝平の言葉を必死にごまかそうとするけれど、赤くなった顔は隠しようがない。

「何だ、そっか。湊からは全然電話くれないし、メールもそっけないし、俺ほど会いたいって思ってくれてないのかなって思ってたけど」

「うるさい！　ていうか、バイトなんてしてないで勉強しろ！」

にやにやと笑う孝平の眼差《まなざ》しが居たたまれない。どう云い訳していいか思いつかず、逆ギレするしかなかった。

「してるって。こないだの判定の結果見せようか？」

「……っ」

「会いたかったって云えばいいのに」

「誰《だれ》が云うか！」

否定している時点で、それを認めたも同然だ。語るに落ちる——そんな言葉が浮かんできたけれど、いまさら取り繕うこともできない。

「あ、俺の誕生日は、湊からの愛の告白でよろしく」

「絶対、云わない!!」

他《ほか》の誰にも聞こえないような小声でこっそりと告げられたリクエストに、湊は一層声を高くした。

あとがき

はじめましてこんにちは、藤崎都です。

このあとがきを書いているのは、夏真っ盛りな八月なのですが、毎日毎日暑くてうんざりしてます。暑いと云《い》っても、クーラーが苦手なので主に扇風機《せんぷうき》で凌《しの》ぐ日々を送っております。この本が出る秋口がいまから恋《こい》しくてなりません。

さて、この度《たび》は『弟のくせに生意気だ！』をお手に取って下さいまして、ありがとうございました！

年下攻《せめ》萌《も》え＋制服萌えからできたこの作品は、いかがでしたでしょうか？　話の都合で、季節が夏になってしまったのですが、警察官の制服は冬服のほうが萌えます！　やはり、ネクタイをしているほうがストイックで素敵《すてき》だと思うのですが、皆様《みなさま》はどうですか？

こうした方面に造詣《ぞうけい》の深い友人に色々と教えていただいたのですが、警察官萌えは奥深いですね。キャリアとノンキャリアの上下関係下克上《げこくじょう》とか、つれない鑑識《かんしき》を追っかける年下捜査員《そうさいん》とか読みたいです！　誰《だれ》か書いてくれないかな…（笑）。

……って、私の願望はどうでもいいですよね。そんなことより、お知らせがあります！

二〇〇九年十月二十三日に『美味しいカラダ』のドラマCDを（株）ムービックさんより出していただくことになりました！

キャストは、麻倉佳久＝森川智之さん、真田隼人＝檜山修之さん、麻倉伊吹＝杉山紀彰さん、野坂大輝＝私市淳さんとなっております。

全国の書店、CDショップ、アニメイトさんなどで発売になりますので、よろしければお手に取って聴《き》いてみて下さいね！　通販特典で書き下ろしSSが載《の》った小冊子がつくフェアもやっております。先着らしいので詳《くわ》しくはムービックさんのHPをご覧になって下さいね（二〇〇九年八月現在の情報です）。

CDにはアンケートハガキが同封《どうふう》されておりますので、ご感想もお待ちしています♥　原作シリーズ（『美味しいカラダ』『とろけるカラダ』『溺れるカラダ』）共々、どうぞよろしくお願いします。

最後にお世話になりました皆様にお礼を。

お忙《いそが》しい中、素敵なイラストを描《えが》いて下さいました水名瀬雅良先生、本当にありがとうございました！　美人で華《はな》やかな湊とカッコいいのに大型ワンコな孝平はイメージしていた以上に素敵で感激しました。表紙で冬服を描いて欲しいという私のワガママに応《こた》えて下さって、とても嬉《うれ》しかったです！

そして、担当さんにもお世話になりました。会う度に疲《つか》れた顔になっていってるように感じるのは気のせいじゃないですよね？　お体ご自愛下さい……。

そして、この本をお手に取って下さった皆様にお礼申し上げます。最後までおつき合いいただき、本当にありがとうございました。拙作《せっさく》は少しでも楽しんでいただけたでしょうか？　お気に召《め》していただけたのなら嬉しいです。

ご感想のお手紙を下さった皆様もありがとうございました！　お返事がなかなか書けないのが心苦しいのですが、本当に嬉しく思ってます。一言でもお寄せいただくことが何よりの励《はげ》みです。

それでは、またいつか貴方《あなた》にお会いすることができますように♥

二〇〇九年八月

藤崎　都

KADOKAWA RUBY BUNKO

弟《おとうと》のくせに生意気《なまいき》だ！

藤崎《ふじさき》　都《みやこ》

角川ルビー文庫　R78-38　　15921

平成21年10月1日　初版発行
平成22年5月25日　再版発行

発行者――井上伸一郎
発行所――株式会社角川書店
東京都千代田区富士見2-13-3
電話/編集(03)3238-8697
〒102-8078
発売元――株式会社角川グループパブリッシング
東京都千代田区富士見2-13-3
電話/営業(03)3238-8521
〒102-8177
http://www.kadokawa.co.jp
印刷所――暁印刷　製本所――BBC
装幀者――鈴木洋介

ISBN978-4-04-445543-9　C0193　定価はカバーに明記してあります。

KADOKAWA RUBY BUNKO

角川ルビー文庫

いつも「ルビー文庫」を
ご愛読いただきありがとうございます。
今回の作品はいかがでしたか?
ぜひ、ご感想をお寄せください。

〈ファンレターのあて先〉

〒102-8078 東京都千代田区富士見2-13-3
角川書店 ルビー文庫編集部気付
「藤崎 都 先生」係

——溺れるくらいに好きだって、
素直に言ってみたらどうだ？
横暴社長×人気モデルで贈る
大好評シリーズ！
溺れるカラダ
藤崎都
イラスト
陸裕千景子
マンションの前で倒れていた男・織田を拾った大学生の神宮司。
恋人のふりをしてストーカーを撃退してやると言われて…？

Absolute obedience contract
絶対服従契約
秘書の翠は従兄弟であり社長の将哉に秘めた恋をしていたが、思わぬ形で体を捧げることになり…？
「体調管理も、秘書の勤めです――…」
Miyako Fujisaki
藤崎都
イラスト 水名瀬雅良
策略家の社長×淫らな秘書が贈る主従関係ラヴァーズ・ストーリー！

ルビー文庫